龍神と許嫁の赤い花印三
〜追放された一族〜

クレハ

STARTS
スターツ出版株式会社

目次

プロローグ　7
一章　21
二章　51
三章　95
四章　147
五章　189
特別書き下ろし番外編　257
あとがき　264

龍神と許嫁の赤い花印三

～追放された一族～

プロローグ

『水宮殿《すいぐうでん》』。

天候を司る『紫紺《しこん》の王』である波琉《はる》が住まうその場所に、今は彼の姿はない。

紫紺の王に属する龍神たちが、波琉の代わりとなって働いていた。

それらの龍神をまとめるのは、波琉の側近の中でも特に彼に近しい存在である瑞貴《みずき》である。

もともと、のんびりとした穏やかな性格の波琉を後ろからせっついて仕事をさせていたのは瑞貴だったので、文句を言う者などいない。

なにせ波琉ときたら、すぐにサボろうとするのだ。

だから瑞貴が常に目を光らせていないとならない。

そんな瑞貴を、波琉は「真面目だねぇ」と他人事のようにのんびりと見ているのだから、何度瑞貴が怒りを爆発させただろうか。

時間の感覚が緩い龍神だから仕方ないと言えば仕方ないのかもしれない。しかし、それを加味しても紫紺の王に属する龍神たちのこととて波琉はあまり関知しないため、瑞貴が指示を出して取りまとめていたのだ。

ゆえに波琉が人間界に降りて十六年ほどの月日が経つが、波琉がおらずとも大きな問題は今のところ起きていない。

それがよかったのか悪かったのかは正直悩むところだ。

なにせ、紫紺の王が不在でも水宮殿は回っているということなのだから、波琉の存在理由にもつながる。

しかし、さすがに波琉でなければ解決できない問題も溜《た》まり始めていた。

早急に解決せねばならないものではないが、このまま溜め続けていたら支障が出てくるはずだ。

波琉の執務室にある机の上に積まれた書類を見て、どうしたものかと悩む瑞貴。

波琉と連絡を取るのが一番早いだろう。

『龍花《りゅうか》の町《まち》』に手紙を送るのは比較的簡単だ。

しかし、時間の感覚の緩い龍神の中でも特にゆったりとした波琉に手紙を送ったところで、いつ返事が来るか分からない。

さすがに何十年もかかるとは思わないが、龍花の町に降りてから初めて便りを寄越すまで十六年かかった波琉である。あまり期待はできない。

「困ったものですねぇ」

いっそ手紙ではなく誰か龍神を送り込んだ方が早いかもしれないと思い始めていた。

問題は誰を送り込むかだが……。

「さすがに私が行くのは難しいでしょうねぇ」

波琉のいなくなった穴を埋めているのは瑞貴である。

ここで瑞貴までもが龍花の町に降りてしまっては、他の龍神たちが困ってしまうだろう。けれど……。

波琉が選んだ相手に会いたいという気持ちもあった。

波琉が伴侶とどのように過ごしているのか。あの波琉に伴侶と認めさせたのはどんな人間なのか。

興味は尽きない。

おそらく今の機会を逃すと、伴侶が寿命を終える数十年先にならないと会えないだろう。

この機会を見逃す手はない。

「よし、やはり私が龍花の町に持っていきましょう」

だが、それに慌てふためいたのは、他の龍神たちだ。

「よし、じゃありません。なにをおっしゃってるんですか、瑞貴様！ あなたまでいなくなったら、誰がこの水宮殿をまとめるんです！」

「そうですよ、瑞貴様が行くくらいなら私が行ってきます！」

「しかし、あなたたちが行って、紫紺様が素直に仕事してくれますかね？」

「………」

瑞貴の問いに、他の龍神たちもそっと視線を逸らす。

彼らでは少々自信がないのがうかがえた。

やはり自分が行って無理やりにでも仕事をさせるしかないと決意を固めたところで、慌ただしく別の龍神が執務室に飛び込んできた。

「瑞貴様！」

「なんですか、騒々しい」

「今しがた、水宮殿に金赤《きんあか》様が降り立たれました」

彼が『いらっしゃった』ではなく『降り立たれた』と表現したのは、その言葉通り、龍となって空を翔《か》け、空から降り立ったからである。

「金赤様が？」

瑞貴は目を丸くする。

天界の頂点に立つ四人の王は特に諍《いさか》いもない間柄だが、特別仲がいいというわけでもない。

そんな関係性なので密にやりとりしてもおらず、用事がなければ数百年普通に会わないこともしばしば。

波琉と『金赤の王』は穏やかな性格ゆえ、他の王より気が合うようだが、それでも最後に会ったのはいつだったか思い出せないほど昔である。

そんな滅多に会いに来ない王が、よりによって波琉がいない時に来てしまった。

「困りましたね。金赤様には紫紺様がいらっしゃらないとお伝えしなければ」

「知っている」

突然聞こえてきた第三者の声。

執務室の出入口を見れば、赤茶色の長い髪を下ろし、王の名とも言うべき金赤色の瞳をした男性が立っていた。

快活そうな雰囲気を発する男性は、細身の波琉と比べると筋肉質で引きしまった体《たい》躯《く》をしている。

男性の登場に、その場にいた龍神たちが頭を下げる。

「ようこそお越しくださいました。金赤様」

代表して瑞貴が声を発すると、金赤の王は手を挙げた。

「楽にしてくれ」

そう言われ頭を上げると、瑞貴は困ったように眉尻を下げる。

「せっかくお越しいただいたのに申し訳ございません。現在紫紺様は下界へ降りておりまして……」

「そのようだな。噂《うわさ》は私のところにも届いている」

ならばなぜここに来たのかと瑞貴に疑問が浮かぶ。

「波琉から久《く》遠《おん》づてに連絡があって、私も龍花の町へ降りることになった」

「なんと！」

波琉に続いて金赤の王まで。

ふたりもの王が天界を離れるなど過去にあっただろうか。

「なにか問題でもございましたか？」

波琉に限ってなにかあるとは思えなかったが、紫紺の王の側近という立場に誇りを持っている瑞貴は波琉が心配でならない。

「問題と言えば問題なのだろう。どうやら百年前の出来事を知りたいらしい」

「百年前というと、金赤様が龍花の町に降りられた頃ですね」

「よく覚えているな」

金赤の王は感心したように瑞貴を見る。龍神はそんなに細かく時間の流れなど気にしていないのが通常なのだ。

「覚えていますとも。金赤様が誰にもなにも言わずに龍花の町に降りられたせいで大迷惑を被った久遠から、散々愚痴を聞かされましたからね」

王に対して無礼と言われかねないが、多少の嫌味は許してくれるだろう。

金赤の王も、ばつが悪そうな顔をしている。

「あ、あの時は花印が現れて少々気が動転していたんだ」

ポリポリ鼻をかきながら、視線を瑞貴から逸らす。どうやら本人は悪いことをしたと自覚があるらしい。

ならば、それを追及するのは一番の被害者である久遠がすべきだろうと、瑞貴は話を終わらせて話題を変えた。

「そういえば、久遠も花印が現れ龍花の町に降りたようですが、縁がなかったらしいですね」

「ああ。花印が浮かんだのを喜んでいたのに残念だ。まあ、今回縁がなかったとしても次があるかもしれないと、本人はさほど落ち込んではいないがな」

「ならばよかったです」

瑞貴も安堵《あんど》したように微笑むのは、同じく王の側近という立場ゆえに久遠とはそれなりに仲がいいからだ。

花印が現れるのは一度とは限らない。

久遠のように、花印が浮かんで龍花の町に降りたものの、相手と相性が悪く天界に戻ってくる者はいる。

その場合、それまで同じ花印を持っていた人間が亡くなると、龍神側の印が消えるのだ。そして、何年かして再び花印が浮かぶことがある。

すでに龍神同士で番《つが》った者などは、もう他の伴侶など求めていないにもかかわらず、数百年の間に二度も三度も花印が浮かんでしまいうんざりしている者もいるという。

そこまで来ると、もう笑い話だ。

けれど、金赤の王のように花印がある人間の伴侶を選ぶと、再び花印が現れたりはしない。

同じく、ともに生きると誓った者同士。なのに、なぜ龍神同士だと花印が浮かんでくるのか理由は不明だが、久遠にも再び花印が浮かぶかどうかを含め、天帝の御心次第なのだろう。期待して待つしかない。

「それにしても、紫紺様が百年前の出来事を知りたいとは、どういう状況になっているのでしょうか？」

瑞貴のところには波琉から連絡が入っていないので見当もつかない。

「私は百年前に、ある一族を龍花の町から追放したのだがな、波琉の伴侶はどうやらその一族の子孫のようなのだ」

「なんとまあ」

どういう因果か。

「町には当時を知る者もおらず、一度龍花の町に来てもらい話を聞きたいと言うのでな。これから龍花の町に行くことにしたのだ」

それを聞いた瑞貴は難しい顔をする。

「金赤様まで下界に降りられるのですか」

「ああ。そう長居するつもりはないが、せっかくだから妻を連れて息抜きをしてくるつもりだ。妻にとっては久しぶりの里帰りになるからな」

金赤の王の伴侶は花印を持つ人間だ。

花印を持って生まれた子はすぐに龍花の町へ集められ、物心つく前から暮らしてきた。もはや故郷と言ってもいい。

「波琉に加え私も天界を留守にするので、なにか問題が起きたら他の王を頼ってくれ。今日はそれを伝えに来たのだ」

「他の王……」

瑞貴はなんとも言えぬ複雑そうな顔をした。

口にはできぬ。ただの側近でしかない瑞貴には恐れ多い。

けれど、瑞貴の言わんとすることを金赤の王は察していた。

「あれたちにも一応直接会って頼んできた。たぶん大丈夫だ。たぶん……」

二度も『たぶん』と繰り返すところを見るに、あまり信用していないのを感じる。

その気持ちは瑞貴も同じ。

龍神をまとめる四人の王は、よくも悪くも個性的なのだ。そして、温厚な波琉や金赤の王と比べると、『白銀《はくぎん》の王』と『漆黒《しっこく》の王』は特に個性が強い。

瑞貴は金赤の王がいなくて大丈夫だろうかと今から心配になってきた。

「何事もないといいんですがねぇ」

「そうそう王が出張ってこざるを得ない問題など起こらないだろう。案ずるな」

「だといいんですが。金赤様もなるべく早くお戻りくださいね」

「ああ。なにかしらあれば久遠と話し合ってくれ」

こくりと頷《うなず》く瑞貴が心配するのは、ふたりの王が不在中の天界以上に波琉のこと。

「それにしても、せっかく紫紺様に花印のお相手ができ、紫紺様もお相手を迎え入れるのに乗り気になっているというのに、なにも問題がないといいんですが」

「そうだな。あの波琉が伴侶を選んだと聞いた時は耳を疑ったものだ」

「問題なく〝花の契り〟を結べるといいんですけど」

人間の伴侶を天界へ迎えるために必要な、花の契り。

以前届いた手紙に、花の契りを交わしたという文章はなかったので、おそらくまだなのだろうと瑞貴は推理する。

「波琉の伴侶はまだ若いのだろう？　花の契りを結ぶ判断をするのはまだ早いのではないか？　私とて、花の契りを交わしたのは相手が成人してからだ」

「そういうものなのですか？」

瑞貴の伴侶は龍神なので、あまり花の契りについて詳しくはないのだ。

「しかし、紫紺様の手紙ではすぐにでも交わしそうな勢いがおありでしたよ」

「それだけ相手を気に入った証拠だろう。喜ばしいことだ」

ははははっと笑う金赤の王に、瑞貴も微笑む。

波琉が幸せを掴《つか》めたのならば、金赤の王が言うように喜ばしい。

「さて、それでは行ってくるか」

「はい。紫紺様をよろしくお願いいたします。……おっと」

瑞貴の目に、波琉の机の上にある書類が入った。

「金赤様。実は紫紺様への仕事が溜まっているんです。私が龍花の町まで行ってお届けしようと思ったのですが……」

金赤の王は、瑞貴が最後まで口にせずとも理解してくれたよう。

「分かった。私が責任を持って届けよう」

「お願いします。くれぐれもサボらぬよう念を押しておいてください」

書類をまとめながら、『くれぐれも』を強調する瑞貴に、金赤の王も苦笑する。

「お前といい、久遠といい、側近はしっかりしているな」

「側近だからこそです」

王を支えているという自負が、瑞貴に胸を張らせる。

金赤の王はくっくっと笑いながら「頼もしいことだ」と、波琉に渡す書類を受け取った。

金赤の王を見送って波琉の執務室に戻ってきた瑞貴は、綺麗《きれい》さっぱりとした机の上を見て満足げな顔をする。

「紫紺様の伴侶様とお会いする機会を失してしまいましたが、まあ、いずれ会えるのでいいでしょう」

それよりも、紫紺と金赤のふたりの王がいなくなった穴を埋めなければならない。

金赤の王の側近である久遠と対策会議をしなければなるまい。

瑞貴は久遠への文《ふみ》をしたためるべく、執務室を後にした。

一章

皐月《さつき》の事件から数日後、ミトは何事もなかったかのように普段の生活を送っている。

けれど事件の記憶がなくなったわけではなく、神薙《かんなぎ》本部に連れていかれた皐月がその後どうなったのか気になって仕方ない。

しかし、事情を知っていそうな神薙の日下部蒼真《くさかべそうま》や彼の祖父である尚之《なおゆき》は皐月の状況を教えてくれなかった。

聞いてみても、それより学校生活を優先しろと言われてしまうだけ。

学校でのお世話係として選んだ成宮千歳《なるみやちとせ》も、ミトがその話をし始めるとあからさまに話題を逸らしてくるから、ミトは不満いっぱいだ。

ならばミトに甘々の波琉なら教えてくれるかというと、それはそれで難しい。

ミトをいじめていた皐月に今もなお怒っているのか、彼女の名前を口にするだけで機嫌が悪くなってしまうのである。

いじめに加え、皐月を止める時にミトが傷を負ったのも、波琉が不機嫌になる理由のひとつだ。

あの時は暴れる皐月を止めるために体を張るしかなかったのだが、どう説明しても波琉は納得がいかないよう。

傷はすでにないのに、波琉はミトのことになると心が極端に狭くなるから困ったものだ。

顔や腕についた引っかき傷は、その日のうちに波琉が治してくれた。

人を畏怖させるようなものではない、温かな空気に包まれたように神気がミトを覆い、小さな跡すらなく綺麗にしたのである。

これにはミトだけでなく両親や蒼真も驚いていた。

波琉が神様だと改めて教えられた気がする。

そんな波琉からは、堕ち神についても語られず、今回の事件でミトに流れてくる情報はほとんどなかった。

これはもうあきらめろということなのだろうか。

ミトはなんだかモヤモヤする気持ちを消化できないでいた。

「ミト、眉間に皺《しわ》が寄っているよ」

そう言って、波琉はミトの眉間をちょんと人差し指でつつく。

朝食後のわずかな時間を波琉の部屋でまったりと過ごしていたら、いつの間にか考え事にふけっていたようだ。

「波琉が皐月さんの現状を教えてくれたらなくなるよ」

しかし、波琉はにっこりと笑って黙殺した。どうあってもミトに話すつもりはないらしい。

ミトはやれやれというようにため息をつく。

「もう、波琉は頑ななんだから」

「ミトも人のこと言えないよ」

確かに事件以降、なにかあるたびに聞き続けていたので、ミトの頑固さもたいがい
である。

「むう」

むくれた顔をするが、その程度で波琉の考えを変えさせられるはずもなく、むしろそんな顔をするミトに波琉は相好を崩した。

「ふふっ、ミトはかわいいね」

「そんな言葉でだまされないんだから」

「だましてるんじゃなくて本心を言ってるんだよ」

波琉は不機嫌そうなミトの頬をやわやわと撫《な》でる。

くすぐったいその触れ方に、ミトも機嫌の悪さを維持できなくなる。

「どうしたら話してくれる？」

「ミトがあきらめたらね」

それでは意味がないではないか。

ミトはがっくりして、今は聞くのをあきらめるしかなかった。

「はあ……。私って波琉に甘いかも」

ため息をつくミト。

これが惚《ほ》れた弱みというやつなのだろうか。いや、ミトが甘いのではなく、波琉がごまかすのがうまいのかもしれない。

波琉の、すべてを包み許してくれるような懐の大きさを感じる微笑みを前にすると、それ以上強く追及ができなくなってしまう。

「なにを言ってるの。甘いのは僕の方だよ。いつだってミトには頭が上がらないんだから」

ミトの手を取って指先にキスをする波琉は、いたずらっ子のような笑みを浮かべている。

ミトは頬を赤く染めドキドキと胸の鼓動が激しくなるのを感じたが、そんなミトの反応を楽しんでいるようにも見えるからたちが悪い。

もう完全に皐月のことは頭から吹っ飛んでいた。

そして、学校に到着してから思い出して、ミトは自分が簡単にあしらわれたことを反省するのである。

「今回も駄目だった……」

次こそはと意気込むも、きっと次も聞き出すのは無理なのだろうなと、ミトはどこかあきらめの境地にいた。

ホームルームが始まり、担任である草葉《くさば》が教室に入ってくる。

今日もいつもと変わらず丸眼鏡をしており、ひょろりとした細身の体格が彼を気が弱そうな人間に見せている。

草葉が必死に声をあげて話しているのに、一向におしゃべりをやめない特別科の生徒たち。周囲を見渡しても、草葉の話を聞いているのはミトぐらいだろう。

草葉の苦労が偲ばれる。

いつものことだからだろうか、草葉も早々にあきらめて、唯一聞いているミトにだけ伝えるように話を進めていく。

その疲れた様子からは哀愁すら漂っているので、なおさら不憫《ふびん》だ。

事件直後は生徒たちも草葉からなにかしら話があるかとホームルームでも静かにしていたのに、なにも話されないと悟ると一気にうるさくなった。

それに、当初こそ皐月のことを気にしていた生徒たちも、そんな事件があったのを忘れたかのように話題にすら上げなくなっていった。

あんなにも皐月、皐月と媚びていた皐月派の生徒もだ。

なんと薄情なのだろうかと思ってしまうミトの方がおかしいとばかりに、皐月の存在が消えていく。

平穏を取り戻した教室には、ありすの姿もない。

彼女もまた、あの事件以降、学校には来なくなっていた。

なぜなのかは、皐月の件同様に知りえない。

龍神に選ばれた伴侶であり、特別科のリーダー的存在だったありすがいなくなっても、教室内は普段通りに時間が過ぎていく。

むしろ特別科の生徒たちが生き生きしていると感じるのは気のせいだろうか。

いや、おそらく気のせいではない。

これまでは、ありすと皐月という龍神に選ばれた権力者に全力で媚びていたが、ふたりがいなくなったのでその必要がなくなった。

皐月の機嫌をうかがう必要も、ありすの言動を気にかける必要もない。

まさに自分たちこそが、この学校でもっとも権力があるという気持ちが、特別科の生徒たちを傲慢にしている。

そんな姿を見ていると、ありすと皐月のふたりは派閥を作ることで特別科の生徒のストッパーになっていたのだと感じる。

この教室にいるのは、まだ龍神に選ばれていない対等な立場の子たちばかりだ。

唯一、ミトだけが例外。

波琉に選ばれた伴侶。しかも、最上位にある紫紺の王の伴侶だ。

そして、幾度か学校へやってきた波琉の様子から、ミトとの関係は良好であると多くの学校関係者が知っている。

この学校で、ミトをいじめようと考える者などいないだろう。いや、学校だけでなく町でも。

あの閉鎖的な『星奈《ほしな》の村』では周囲の顔色を気にする立場だったミトが、龍花の町に来るや気にされる側になるなんて誰が思っただろうか。

今日もミトのところには人がやってくる。

「ねぇ、星奈さん。今日こそは一緒にお昼ごはん食べない？」

何度目か分からないお誘いに、ミトは嬉《うれ》しいというより悲しくなる。

少し怯《おび》えながらも、ミトに気に入られたいという欲を持った眼差しでミトを囲む複数の女子生徒。ありすがいない今は、ミトの取り巻きになろうと必死なようだ。

そんな彼女たちの思惑が透けて見えて、ミトは気分が悪くて仕方がない。

「ごめんなさい。千歳君と食べるから」

いつもと同じ断り文句に一瞬不満そうにする彼女たちだが、それ以上しつこくしてくることはなかった。

彼女たちも、別に心からミトと食事を一緒にしたいわけではないのだ。

彼女たちが見ているのは、ミトの後ろにある波琉の存在。

それは仕方ないことなのかもしれないが、本気でミトと仲よくしたいと思ってくれる人間がいないのは切ない。

村から解放された時、そして学校に通えると分かった時は、学校で友人たちと楽しく過ごせると夢見ていた。

なのに、蓋を開けてみたら、自分の利益だけを考えている人たちしか寄ってこないのだから、ミトもうんざりしてくる。

それは生徒だけでなく教師もだ。

あからさまにミトに忖度《そんたく》してくる教師たちには残念な気持ちが大きい。

夢と現実の違いに、肩を落とすミトだった。


「そりゃあね、私もあの人たちの気持ちが分からないわけじゃないの。波琉は私にすごく過保護だし、人間は龍神に敵わないわけだから、私を通してご機嫌うかがいをするのは仕方ないって思う。でも、やりすぎるっていうか。私は普通の学校生活を送りたいの。ずっとずーっと夢だったんだから。ねえ、聞いてる？　千歳君」

ミトは食堂でお昼ごはんを食べながら、目の前に座る千歳へ不満を訴える。

金髪とたくさんのピアスを耳につけている、一見するとやんちゃな雰囲気を持つ千歳は、聞き飽きたという様子で、とても真剣に人の話を聞く態度ではない。

「はいはい。困ったねー」

「全然心がこもってない」

棒読みの千歳を、ミトはじとーっとした目で見る。

「そもそもさ、紫紺様に選ばれた時点で普通じゃなくなってるし、無理じゃない？ 特にこの龍花の町ではさ」

「うっ……」

それを言われるとミトも反論できない。

波琉が紫紺の王であることは変えようのない事実なのだ。

「嫌なら紫紺様と縁を切るしかないね」

「それは嫌！」

ミトは食い気味で声をあげる。

千歳ときたら、なんて発言をするのだろうか。

波琉と縁を切るなど、冗談でも考えたくない。

波琉の存在は村で虐げられていたミトにとって、救いだったのだ。

夢の住人でしかないと思っていた人が、現実に存在していると知った時の喜びは今も忘れていない。

毎日朝になって波琉の顔を見るたびに、その喜びを思い出し噛《か》みしめているのに、離れるなどとんでもない。

「じゃあ、あきらめて受け入れるしかないね」

「千歳君が意地悪だ……」

しかし正論なのでミトも反撃できない。

「じゃあお世話係から降ろす？」

「それも嫌だ」

「そんなんじゃあ、我儘《わがまま》女その三の誕生だな」

なんて意地悪を口にする千歳の表情は言葉に反して楽しそう。

本当は他の子ともこんな風に気さくに会話したいのだが、ままならないものだ。

学校でのミトには、この千歳と過ごす時間だけが心のよりどころである。

草葉とは担任と生徒という間柄なので、仲よくとはちょっと違う。

そして校長とは……。あれは茶飲み友達と言えばいいのだろうか。しかしミトが一方的に校長の愚痴を聞かされているだけのようにも感じる。

そして、ハリセンで叩《たた》き叩かれる関係はなんと表現したらいいのだろう。

「それはそうと、我儘女その一とその二がいなくなって、特別科は問題ないの？」

千歳の言う我儘女その一とその二とは、皐月とありすのことだ。

なにがあったか知らないが、千歳はふたりにやや厳しい物言いをする。

千歳の問いかけに、ミトは眉間に皺を寄せた。

「うーん。一応は？」

「なに、その曖昧な感じ」

「だって私もその現場を見たわけじゃないからなんとも判断できないんだもの」

「その現場って、なに？」

自分から聞いておきながら特段興味がありそうには見えない千歳に、ミトは話しだす。

「これまでは龍神に選ばれた皐月さんとありすさんをトップに、まだ選ばれていない他の子たちが平等に下にいるって思ってたんだけど、皐月さんとありすさんがいなくなって、他の子の間にもカーストってのかな？　そういうのがあるみたいなの」

「そりゃそうでしょ」

千歳は特に驚いてはいなかった。

「特別科の奴らはどっちが上かを常に争ってマウント取る奴ばっかりだから」

「そんなことはないんじゃない？　確かに最初はいじめっぽい嫌がらせされたけど、私がどっちの派閥にも入らなかったからでしょう？」

「まあ、それもあるけどね。でも、今は問題なさそうに思うのは、奴らが紫紺様の伴侶であるあんたの前では行儀よくしてるだけだよ。だって、誰もミトの言葉に逆らえないんだから」

「そう、なのかな？」

ミトは首をひねる。

「ミトは前にも我儘女その一が久遠様に捨てられていじめられた時に助けに入ってたからね。ミトの前でそういう行いはしないように気をつけてるだけだよ。実際は結構ドロドロしてるはずだよ。よく見てたら分かるよ」

「ふーん」

ミトはあまりよく分からないまま食事を終えた。


午後の授業を終えて、特別科の教室に戻るミト。

やはりひとりだけで授業を受けるのはなんともつまらない。

ミト以外に特別科の高校一年生がいないのだから仕方ないのだが、キャッキャウフフな学校生活を送れると期待していたのにあまりにひどい裏切りである。

「はぁ……」

思わずため息をつくぐらいは許してもらいたい。

けれど、ミトも分かっているのだ。村での孤立した生活に比べたら、学校に通えているだけでとんでもなく幸せなのだと。

ここではミトを虐げる者も、『忌み子』と蔑む者もいない。

けれど、期待していた分だけ少し物足りない気持ちがある。

千歳の存在に大きく助けられているが、千歳以外の友人も欲しかった。

できれば同性の子だとなおいい。

女の子同士で恋バナだとか、ファッションやメイクの話だとか、そういう年頃の女子高生のような会話をしてみたいものだ。

それはもう切実に願っている。

だが、現在の特別科の面々を見ていると、ミトに媚びるばかりで難しいと感じる。

とても対等な関係は作れないだろう。

ならば普通科の子に狙いを定めようかと考えたりもしたが、もっと厳しい現実があった。

なにせ、龍花の町においても学校においても優遇されている花印を持つ特別科の生徒は、文字通り特別な存在なのだ。

神の花嫁、花婿候補。

それがこの龍花の町においての、花印を持った者たちへの認識。

世話係をすることもある神薙科の生徒と比べると、普通科の生徒は特別科の生徒を遠巻きにしており、積極的に関わらないようにしている節がある。

それは特別科の生徒が、普通科の生徒に対して傲慢な態度を見せるからでもあった。

自分たちは選ばれた人間なのだと、普通科の生徒に高圧的な態度を取っている場面を時々見かける。

龍神のために作られたこの町において、花印を持った人間に逆らうのは、町で生きにくくなるだけ。普通科の生徒は嵐が過ぎ去るのを待つように、特別科の生徒の言いなりになるしかない。

そんな背景があるので、いくらミトが仲良くしたいと近づいていっても、対等な関係など築けるはずがないのである。

特別科の生徒だろうと龍神に選ばれていようと、物怖じせずに皐月やありすの世話係の要請を断った千歳がまれな例だっただけなのだ。

悲しいかな、それが現実だった。

「友達欲しい……」

廊下を歩きながらミトが肩を落としていると、ピチチという鳴き声が聞こえる。

開いた窓の外を見れば、スズメのチコがいた。

チコは窓辺へと降り立つ。

『またなにか落ち込んでるわね。友達なんて私やクロやシロがいるじゃない』

どうやらミトのひとり言を聞かれていたようだ。

「もちろんチコたちは大事な友達だけど、また違うの。人間の女友達が欲しいのよ。

チコは人間のことは分からないでしょう？」

『まあ、そうね』

「私も普通の女子高生の生活がいまいち分からないから、そういうのを教えてもらったり、一緒に経験したりしてみたいの」

ミトは一般常識が少々欠けている。あんな外部から隔絶された小さな村から出るのを許されなかったのだから無理もない。

だからこそ、これまでできなかったいろんな体験をしてみたいのだ。

どうせなら、ひとりではなく、波琉や気を許せる友人とがいい。

それは我儘がすぎるのだろうか。

「少し前までは、村から出て学校に行けるだけでも十分幸せだって思ってたのに、望みすぎちゃってるのかな？」

『いいんじゃないの？　人間っていうのは欲が深い生き物ですもの。ミトの我儘ぐらい大したことないと思うわよ』

「波琉に嫌われない？」

ミトにとってはなにより気になる問題だ。

『ならないわよ。あの神様はそれぐらいのことを受け止められないほど狭小じゃないはずだもの』

「だといいんだけど」

ミトは再度深いため息をついてからはっとした。

「あっ、ホームルームに遅れる！　またね、チコ」

『コケないように気をつけるのよ』

チコといいクロといい、気にかけてくれるのはいいのだが、まるで母親みたいだなとミトは苦笑しつつ教室へと急いだ。

教室に到着するとすでに生徒はそろっていた。

けれどまだ草葉は来ていないらしい。

ほっとして中へ入ろうとすると、なにやら教室内にピリピリとしたおかしな空気が漂っている。

原因となっているのはひとりの女子生徒のよう。

これまで染めたことがなさそうな黒い髪を後ろでひとつに結び、どこにでもいそうな平凡な容姿を持つ大人しそうな雰囲気のその女子生徒を、男女複数人の特別科の生徒が囲んでいる。

紺色のブレザーを着ていることから高等部であるのが分かる。

あきらかに怯えている様子を見るに、友人同士で楽しくおしゃべりしているとはとても思えない。どこをどう見ても不穏な空気を放っていた。

「彼女は確か……」

ミトはまだ特別科の生徒全員の名前を記憶してはいなかったが、囲まれている彼女は覚えていた。以前まで皐月の取り巻きのひとりとして、皐月の後を追いかけるようにくっついていた子だ。

自己主張が激しい特別科においては珍しく影が薄い子だが、気の強い皐月とは正反対の大人しそうな彼女は逆に印象に残っていた。

皐月がミトに怒鳴り散らしている時も実はいたのだが、影の薄さをさらに薄くしてひっそりと皐月の後ろについていたので気にしていなかった。

名前は確か吉田美羽《よしだみう》といったか。

皐月の派閥に属してはいたが、絶対にいやいや付き合っているのだろうなと感じていた。

彼女は率先してミトをいじめるようなタイプではなく、気弱そうで人の顔色をうかがって生きているタイプの人だ。

周りから特別扱いされ続けたがゆえに我儘な性格の者が多い特別科の生徒の中では異質だろう。

とはいえ、いじめられているミトを助けるわけでも皐月を諫《いさ》めるでもない彼女への関心は低い。

そんな彼女を囲んでなにをしているのだろうかと、ミトは教室の外からこっそりと様子をうかがう。

「なあ、吉田さん。俺たちこの後用事あるから、教室の掃除しといてくれるよな？」

「えっ、あの……」

「なに？　嫌なの？　私たちがこんなにお願いしてるのに」

「そういうんじゃ……」

モゴモゴと語尾を小さくしながら話す美羽は、はっきりとした返事はせずに視線をさまよわせている。

教室の掃除は当番制。

大事な花印を持つ子に掃除などさせて不満が出ないのかと思ったが、天界へ行けば龍神の位によっては龍花の町のような特別待遇をされるとは限らない。

身の回りのことは最低限できるように教育しておけと、過去に龍花の町を訪れた龍神が命じたとか。

そのため、学校では掃除などは特別科の生徒もする決まりになっている。

さすがの特別科の生徒も、龍神の命令に異を唱えるなどしない。不満を持っているかどうかは別として。

なので、ミトもきちんとしている。

千歳や蒼真などには、王の伴侶なのだから天界へ行っても特別待遇は変わらず、きっと身の回りのことは誰かがしてくれるはずなので必要ないんじゃないかとも言われたものの、学校でできる行いすべてがミトには新鮮なのだ。

それがたとえ他の人が嫌がる掃除だったとしても楽しくてしょうがなかった。

皐月やありすの場合は周囲が気を遣って当番を代わっていたらしく、ミトにも同じように他の生徒が気を遣って当番を代わろうとしたことがあった。けれど、こんな楽しいことを譲るなどとんでもない。

鼻歌交じりに掃除をするミトを周囲は奇異の目で見ていたが、ミトは気づいていなかった。

どうやら美羽を囲んでいる生徒は、美羽に掃除を押しつけようとしているらしい。

ミトからしたらどうしてあんな楽しいことを嫌がるのかと不思議でならないが、他の人が嫌がる気持ちが分からないわけではない。

「あとさ、日直の日誌も書いて先生に渡しといて。それから掃除が終わったら鍵も閉めといてよ」

「あ……。でも私、今日は用事が……」

「えっ？　なに？　聞こえなーい」

か細い美羽の声は他の生徒の声でかき消される。

高圧的な女子生徒の声に負けて、美羽は顔を俯《うつむ》かせている。

美羽が嫌がっているのはミトの目にもあきらかだった。

その様子はまるで皐月がミトをいじめていた時のような陰湿さを感じ、自然とミトの眉間に皺が寄るが、教室の外から様子をうかがっているミトには誰も気づいていないようだ。

ミトの頭をよぎる『カースト』という言葉。

今まで現場を見たことはなかったのだが、これがそうなのかもしれない。

「えっと、その……」

「やるわよね？」

美羽に向けられる言葉は、有無を言わせぬ命令と変わらぬものだった。

最初こそ抵抗を見せていた美羽も、あきらめたのか小さく頷く。

「うん。分かった……」

「それとぉ」

生徒のひとりが美羽の机の上にバサバサとノートを置いた。

「これ、今日の課題。代わりにやっておいてくれよな」

「えっ！」

美羽が驚愕《きょうがく》したように俯かせていた顔を上げると、囲んでいた生徒たちはそろって意地悪く笑っていた。

「用事があるって言ったでしょ。そんな課題なんてしてる暇ないの」

「だったら、お世話係の人に頼んだら……」

「なに言ってるのよ。そんなのお願いしたらかわいそうじゃない。神薙科の生徒はただでさえ課題が多いんだからさぁ。そんな気遣いもできないなんて吉田さんたらサイテー」

「ほんとほんと。性格悪いわよ」

いやいや、どの口が言うのか。

ミトはツッコミを入れたいのを我慢した。

美羽に絡んでいない他の生徒は我関せずといった様子。関わり合いになりたくないのか、もとより興味がないのか。

どっちにしろ、美羽を助けるつもりはないらしい。

ここはミトが行くべきか。

でも、これまでミトが村でされてきたいじめと比べたら優しいものなので、いじめと言っていいのか判断に迷う。

以前蒼真に、ミトはいじめられ続けてきてそのへんの感覚が麻痺《まひ》してるなどと怒られたりしたから、なおさら困った。

どうしようかと足踏みしていると、後ろから肩を叩かれる。

びくっとして振り返ったミトの前にいたのは、担任である草葉だった。

「あ、先生」

「星奈さん、なにをしているんですか？　ホームルームを始めますから早く席についてください」

「はい……」

草葉は今の教室内でのやりとりを見ていなかったのか、いつも通りの様子で教室内へ入っていく。

それとともに美羽を囲んでいた生徒たちも自分の席へと戻っていった。


ホームルームが終わり、生徒がいっせいに帰り支度をする。

先ほど美羽に掃除を押しつけていた生徒たちは我先にと教室を出ていってしまった。

ミトは彼らの背をなんとも言えない表情で見送る。

美羽はひとりで掃除を始めたが、それを手助けする者はいない。

他にも美羽が押しつけられていた現場を見ていた生徒はたくさんいたのに、まるで美羽が見えないかのように無視している。

沈んだ表情の彼女を見ていると、ミトの良心が揺れ動く。

今日はミトの当番ではなかったが、先ほどのやりとりを見た後ではなんとも帰りづらい。ここで帰っていいのかと自問自答する。

偽善なのかもしれない。けれど、真由子《まゆこ》にいじめられていた頃のことが頭をよぎり、ミトの足を止める。他の生徒のように見て見ないふりなんてできそうになかった。

どうして誰も彼も上とか下とか決めようとするのだろう。対等では駄目なのか。

同じ学校に通う者同士、わざわざいさかいを起こさなくてもいいのに。

ミトの足は教室の外ではない方向へと向いていた。

「はぁ……」

ミトは息をついてから、持っていた鞄《かばん》を机の上に置いた。

「きっと千歳君に文句言われちゃうだろうな」

千歳からの苦言は覚悟の上で、ミトはロッカーから箒《ほうき》を取り出した。

それを見た美羽が驚いたように目を丸くする。

「私も手伝う」

「え、でも……」

「いいの。ふたりの方が早いから。さっさと終わらせちゃおう」

これまで美羽とは接点がなかった。話をしたのもこれが初めてかもしれない。

なにせ、美羽はいつだって皐月の背後に隠れるようにして付き添っていたから。

「吉田さん。嫌なら嫌ってはっきり拒否してもいいと思うよ。でないともっとひどい要求をされちゃうかもしれないから」

強者におもねるのが悪いとは言わない。それもまた平穏に生きるための知恵のひとつだから。

けれど、押し殺し続けた心は悲鳴をあげて、いつかぱりんと壊れてしまう。

村で忌み子と呼ばれ続けた頃のミトと違い、美羽は花印を持つ者としてこの町で絶対的な地位が約束されているのだから、同じ立場の彼らの願いを素直に聞かなくても生きていける。

彼らに反抗するだけの力はすでにその手に持っているはずなのだから。

村での苦しい生活を思い返しながら、ミトはそう忠告した。

しかし、どうやら美羽にミトの気持ちは届かなかったようで、彼女は悲しみと怒りを混ぜたようにくしゃりと顔を歪《ゆが》めた。

「それは星奈さんが紫紺様の伴侶だから強気な発言ができるのよ。弱い私は人の顔色をうかがって生きるしかないわ。私の気持ちなんて分からないくせに！」

「吉田さん……」

美羽はミトから箒を強引に奪った。

「手伝ってくれなくていい……。そんなの頼んでないわ。同情なんてしないでよ。惨めになるだけじゃない！　さっさと帰って！」

強い口調で拒否されてしまった。

全身で拒絶する美羽にそれ以上なにか口にするのは逆効果になると思い、ミトは仕方なく鞄を持って立ち去ることにした。

教室を出るミトと入れ違うようにして、ひとりの男の子が教室へ入っていく。すると、美羽は表情を明るくし男の子にすがりついた。

高等部のようだが、特別科の生徒ではない。

「陸斗《りくと》！」

「美羽。また押しつけられたのか？」

「うん……」

「俺も手伝うよ」

すると美羽は涙をにじませ手で拭いながら何度も頷いた。

自分が手伝おうとしたことは余計なお世話だったかと複雑な心境のまま教室を出たミトは、外で千歳が立っていたのに気づく。

「千歳君。ごめんね、待たせちゃったね」

「別にいいよ。ていうか、ミトにあれだけ言い返せるなら気にしてやる必要はないって」

「聞いてたんだ」

いったいどこから見られていたのやら。

「昼ごはんの時にカーストがあるって言ったでしょう？　どうやら、その下位にいるのが彼女みたい。さっき初めて現場を見たんだけど、他の特別科の子にいろいろ押しつけられてるっぽいの」

「みたいだね」

「手助けしようとしたんだけど、ちょっと押しつけがましかったかな？」

「いいんじゃない？　お人好しなとこがミトらしくて」

その言葉には少々嫌味が混じっている気がするのだが、気のせいだろうか。

「ああいうのは放っておくに限るよ。世話係も一緒にいるんだし、なんとかするでしょ」

「さっきの男の子が吉田さんのお世話係なんだ」

「ああ。確か二年生だったかな」

美羽は陸斗と呼んでいて、ずいぶんと気を許しているように見えた。

まあ、ミト自身も千歳にはかなり心を許しているので、お世話係との関係は距離が近いものなのかもしれない。

「いじめられてるなら止めた方がいいよね。私が口を挟めばやめてくれるかな？」

美羽を囲んでいた生徒たちをミトはよく知らない。そんな人たちに言葉は届くだろうか。

懸念はもうひとつ。先ほどの美羽の様子だと、ミトがなにかするのを望んではいなさそうだということ。

すると、千歳が真剣な表情でミトを止める。

「やめときなよ。ミトが下手に首を突っ込んでなにかあった時に被害をこうむるのは町全体なんだからさ。ミトだって紫紺様を怒らせたくないでしょう?」

「波琉か……。うーん……」

ミトがいじめられていたと知って嵐が起こった時の光景を思い出してミトは唸る。あの時は暴風雨で済んだが、天候を操る波琉の機嫌を悪くしないようにと蒼真からも口酸っぱく言われている。

「俺から特別科の担任に話をしておくよ。今回はそれで引いておいて」

「うん。分かった」

草葉がなんとかしてくれるだろうか。

いつもやりたい放題の生徒たちをまとめきれていない頼りない姿を見るに、草葉ではなんともできないような気がしていた。

「まあ、期待はしない方がいいよ。この町では教師なんかより特別科の生徒の方が立場が上だから。普通科の問題ならまだしも、特別科の生徒のやることには教師も生徒も見て見ぬふりだし」

やはりそうなのかと、千歳の言葉を聞いてミトは意気消沈した。

「私はごくごく普通の学校生活を送りたいだけなのに……」

ミトのつぶやきに、千歳から「無理でしょ」という言葉が返ってきて、さらにミトを落ち込ませるのだった。

その時、背後に気配を感じてミトははっと振り返る。

しかし、その先には誰もいない。

様子のおかしなミトに千歳が首をかしげる。

「どうかした？」

「……ううん。なんでもない。たぶん気のせい」

「なにか気になることがあるなら教えといて。問題が起きてからじゃ遅いんだし」

「うんと、なんか最近誰かに見られてるような気がするんだよね。でも、特に誰もいないし、きっと気のせいだと思う」

皐月の一件で警戒心が強くなっているだけだ。

「待たせてごめんね。帰ろう」

ミトは気を取り直して笑顔を見せた。

二章

紫紺の王、波琉の神薙を務める蒼真は、龍花の町の中心にそびえ立つ神薙本部を訪れていた。

髪をかき上げる蒼真は、タバコに見えるお菓子を口にくわえている。

タバコの煙が苦手なくせに、かっこよく見えるという理由でタバコをくわえたがるのだから、蒼真という男は少々見栄っ張りなところがあるのかもしれない。

神薙を示す青いカードを壁にある機械にタッチすると、扉が開きエレベーターの中に入れるようになった。

この神薙本部は随所で身分確認が必要となり、龍花の町の中でも一、二を争うセキュリティを持っている。

そのままエレベーターに乗り込み、向かったのは最上階。

エレベーターはガラス張りになっており、外がよく見えた。

龍花の町の中でもっとも高い建物である神薙本部の最上階からは、町が一望できる。

とはいえ、幾度となく神薙本部を訪れている蒼真は見慣れた光景に今さら感動したりはしない。

一度だけ花印の確認のために連れてきたミトはエレベーターからの絶景にテンションを上げていたが、村以外の世界を知らないせいでもあるだろう。

最上階に着き、スーツのポケットに手を突っ込みながらだるそうに歩く蒼真は、どこからどう見てもチンピラにしか見えない。

サングラスもしていたら完璧だったろうに。

時には紫紺の王のボディガードにもなる神薙としては、そのガラの悪さは人を寄せつけないので有効と言えなくもない。

だとしたって怖すぎる。

しかも今の蒼真は不機嫌そうに険しい顔をしているのでなおさらだ。

蒼真がなぜにそこまで機嫌が悪いかというと、たどり着いた部屋の中に理由がある。

少々荒々しい手つきでコンコンとノックをして部屋の扉を開ける。

中からの返事がないのに開けるのだから、ノックの意味はほとんどない。

それでもかまわずズカズカ部屋の中に入ると、ベッドの上でぼんやりしたように一点を見つめて座っている皐月の姿があった。

事件後、皐月は神薙本部に引き渡され、以降はずっとこの部屋で隔離されていたのだ。

それは波琉の指示であったため、花印を持つ特別な人間だったとしても、神薙たちは粛々と従うほかなかった。

なにせ紫紺の王の命令なのだから、神薙が逆らえるはずがない。

しかし花印を持つ者として配慮はされていて、部屋は毎日綺麗に整えられており、掃除も行き届いていた。

食事もしっかり栄養を考えられたものが届けられていたが、テーブルの上に置かれたまま手をつけた様子はない。

それを見て蒼真はさらに顔を険しくさせる。

「飯は食べてねぇのか？」

「…………」

皐月は答えない。

事件の時は誰にも手がつけられないほど大暴れした皐月だったが、神薙本部に連れてこられてからは大人しくしている。

まるで憑《つ》き物が落ちたように静かで、以前の高慢な皐月とも違っていた。

「食べねぇと体力つかねぇぞ」

「……食欲がないの」

やっと口を開いたかと思うと、その声は弱々しい。

蒼真は困った様子で頭をかいた。

生まれた時よりこの町で育ち、神薙となってからは深く町に関わるようになった蒼真は、龍神に選ばれた皐月のことを昔からよく知っている。

とはいえ、皐月と親しかったわけではない。

皐月が同じ花印を持つ久遠に選ばれた時にはすでに波琉に仕えていたので、情報が嫌でも入ってきただけだ。

その情報からは、いかにも甘やかされて育った、花印を持つ人間らしい娘という印象だった。

久遠に仕えていた神薙からは、胃薬が欠かせないと、我儘放題な皐月に対する嘆きを嫌というほど聞いていたので、正直関わり合いになりたくない種類の人間だと思っていた。

他の神薙も皐月の相手だけはしたくないと、入れ替わりが激しかったのだ。

久遠が穏やかな性格で、問題が起きても取りなしてくれていたからこそなんとかなっていたと言っていい。

そんな神薙の間では有名な我儘娘がこんなに大人しくなるのだから、蒼真としてもびっくりだ。

「無理でも食え」

「……私のことは放っておいて。久遠様に捨てられた私に媚びても意味ないわよ」

「そんなの気にしてんな」

顔を俯かせる皐月に蒼真も気を遣い言葉を選びながら話していると、扉がノックされ返事をする間もなく開いた。

入ってきたのは千歳である。

「お前、返事する前に開けてたらノックの意味ないだろうが」

あきれたように千歳に文句をつける蒼真だが、皐月からはなにか言いたげな視線が向けられる。きっと、お前が言うなとでも思っているに違いない。

「なんだ、蒼真さんいたの」

「いたのじゃねぇよ。ミトはちゃんと車に乗り込むまで見送ったんだろうな？」

「当たり前」

千歳は表情を変えることなく返した。

「それで、なにしに来たんだ？」

「ミトが気にしてるようだから様子見に来ただけ。まあ、そこまで強く関心があるわけじゃないみたいだけど」

「お前、ミトに余計なこと言ってないだろうな」

「言ってないよ。ミトや他の生徒は知りたそうだったけど、この件は教師にも伝えられてないからあきらめたって感じ」

やれやれと蒼真は肩をすくめる。

「暇人が多いな」

「よくも悪くもこの町は話題不足だしね。学校で神薙の資格を持ってるのは俺だけだから質問攻めに遭って面倒くさかった」

「だろうな」

ここは龍神のための町。そして、龍神に守られた町。

平穏が約束され、外の世界と隔絶されたこの町で、大騒ぎするほど大きな事件は滅多にない。

「それよりさ、なんかしゃべった？」

千歳の視線が皐月に向けられる。

皐月は自分の話題になると、再び顔を俯かせた。

「今、飯食べろって言ってたところだ」

千歳の視線がテーブルの食事に向くが、興味はなさそう。

「ふーん。で、どうなの？」

千歳が皐月を見る眼差しがやや厳しいのは、ミトを襲ったからだろう。

蒼真としてはふたりが仲良くしているのは歓迎だが、波琉が焼きもちを焼くほどの関係になるのは勘弁願いたいところだ。

波琉のミトへの執着を知るからこそ、心配になる。

蒼真は俯いた皐月と視線が合うようにしゃがみ、これまで幾人もの神薙が何度となくしてきた問いかけをする。

「あの日の前後、なにがあったか覚えてるか?」

蒼真にしては優しい声色で問うと、皐月は少しの沈黙の後、首を横に振った。

「なにも覚えてないわ。久遠様が帰ってしまわれて、学校に行ったら周りの視線がすべて変わっていた。周りが全員敵になっていて……」

千歳が小さく「自業自得だろ」とつぶやいたため、皐月が言葉を詰まらせる。

話の腰を折るなと訴えるように蒼真がにらんだため、千歳は不機嫌そうに視線を逸らす。

「それで?」

蒼真は続きを促すと、再び皐月が口を開いた。

「周りから向けられる視線が嫌になって学校を飛び出して、それから……。それからは……覚えていないわ。気がついたらこの部屋にいたから」

「誰かに会ったとかねえのか?」

「分からない。なにも覚えてない」

一貫して覚えていないと告げる皐月に、蒼真も千歳もお手上げだ。

困り果ててため息をついた蒼真が立ち上がる。

「……私は今後どうなるの?」

皐月には記憶がない間にあったことを知らせていた。

行方不明となり、姿を現したかと思えば学校で大暴れしたと。

龍神の後ろ盾がない状態の皐月が龍神の伴侶であるミトやありすを襲ったのだ。

自分の身がどうなるか分からないほど無知ではなかった。確実に龍神を怒らせたと理解している。

「紫紺様次第だが、今のところお前をどうこうするつもりはないみたいだ。お前はどうしたい？」

蒼真は問いかける。

皐月はなにかをこらえるように唇を閉じてから吐き捨てる。

「学校へ戻るか？」

「こんな落ちぶれた私の居場所がどこにあるっていうの」

その言葉にはあきらめの感情しか浮かんでいなかった。

「これだけの騒ぎを起こして、今まで通り暮らすなんて無理よ。少なくとも紫紺様の勘気に触れてしまっただろうし、私に味方する人間なんていないわ」

沈んだ顔をする皐月に蒼真はかける言葉を失う。

なぜなら皐月の発言が事実だからだ。下手な慰めなど意味はないだろう。

けれど、なにも発しないわけにはいかない。

「一段落ついたらこの本部からは場所を移ってもらうが、お前は花印を持ってる。少なくともこの町にいる間は生活を保証されているから、その点は安心しろ。学校に行きたくないならそれでもかまわない」

皐月からの返事はなかった。

「また来る。飯食えよ」

そう声をかけてから皐月に背を向け、蒼真は部屋を出た。その後に千歳も続く。

そして、少し部屋から離れた辺りで千歳が問いかけた。

「紫紺様はあいつをどうするつもりなの？」

「さあな。ただ隔離しろと言われただけで、今のところそれ以上の指示は受けていない」

このような問題など蒼真の知る限り起こった記憶がないから、蒼真も困っているのだ。ただ、波琉の指示に従うしかない。

「……堕ち神だっけ？　あの我儘女その一を操っていた奴って」

「お前その呼び方は駄目だろ。気持ちは分かるが」

蒼真は千歳が皐月を『我儘女その一』と呼んだのをあきれ顔でたしなめる。

「そっちはどうでもいいよ。堕ち神のことが知りたい」

「ああ、堕ち神、な。紫紺様によると天帝より天界を追放された元龍神だそうだ。堕ち神ってのは、天界を追放されるとそう長くは存在を保ってはいられないらしい」

「その堕ち神はどうして我儘女その一を操ってたわけ？」

「知らねぇ」

蒼真の返事は至極簡単なものだ。

それに対して不満いっぱいの千歳は、神薙の資格を持ってはいても、いまだ龍神に仕えた経験はないので情報不足だった。

「紫紺様から聞いてないの？」

「聞いても詳しくは教えてくださらねぇんだよ。一応紫紺様の命令で、現在龍花の町に滞在されている龍神様方に堕ち神が現れたと伝えたが、どの龍神様も神薙が聞いても教えてはくれない。人間が知る必要のない情報なんだとさ。だから俺も堕ち神については なんも知らないお前と一緒だ」

「ほんとに？」

千歳は疑いの眼差しで蒼真を見る。

「嘘《うそ》ついてどうすんだ。こっちはあまりにも情報不足で頭悩ましてるってのによ。そもそもなんだよ、堕ち神って！　元龍神とか人間に相手できんのか!?」

蒼真は八つ当たり気味に語気が荒くなっている。苛立ちを飲み込むようにして、咥《くわ》えていたタバコのお菓子をボリボリと噛み砕いて食べた。

その様子に千歳がドン引きしている。

「とりあえず、皐月の件はこれまで通り話を逸らしとけよ。紫紺様の許しがない限り人間は下手に動けないからな」

「分かった」

千歳はしぶしぶといった様子で頷いた。

＊＊＊

学校から帰ったミトは、一目散に波琉のいる部屋へと向かう。

「波琉！　ただいま！」

ご主人様に会えて尻尾を振る犬のように喜びを隠しもせず部屋へと飛び込む。

そうすれば、波琉は穏やかな笑みを浮かべてミトを迎え入れた。

「おかえり、ミト。危ない目には遭わなかった？」

「危ないもなにも、学校へ行っただけだよ」

「その学校で襲われたのを忘れたの？」

「そうだけど……」

波琉は皐月の起こした事件を言っているのだ。

安全であるはずの学校で襲われたのを忘れたわけではないが、そう何度も似た事件があってたまるものか。

波琉の横にちょこんと座れば、波琉はニコニコと微笑みながらミトの頭を撫でる。

愛でるように触れる波琉に、ミトも抵抗なんてしない。

ミトは波琉に触れられるのが好きだ。恥ずかしさはもちろんあるけれど、それ以上の幸福感がミトを満たす。

波琉の手はどこまでも優しく、ミトの心を癒してくれた。

そこまで時は経っていないのに、村での生活が何年も前のことと錯覚するほど遠い昔に感じる。

そう思えるのは、波琉がいるからだ。

「もっとこっちへおいで」

波琉に誘われるままさらに距離を詰めれば、引き寄せられ波琉の腕の中にすっぽりと包み込まれた。

奥手なミトは波琉のスキンシップの多さにまだまだ慣れない。

けれど、逃げたいわけではなく、ただただ恥ずかしくて頬を赤らめる。

「ふふっ。ミトはかわいいね」

そう言って頬に一瞬触れるだけのキスをされ、ミトの顔はさらに紅潮する。

どうしていいものか反応が分からず硬直するミトだが、内心ではアワアワと激しく動揺していることを波琉は知らないだろう。

「たまにはミトからしてくれてもいいんだよ？」

さあどうぞ、というように波琉は自らの頬を向けてくるが、とんでもない。

ミトは勢いよく首を横に振った。

波琉から頬にキスをされるだけでいっぱいいっぱいだというのに、自分から波琉にキスをするなんて難易度が高すぎる。

「無理無理」

顔を真っ赤にして拒否すれば、波琉は残念そうにする。

「えー。頬でも駄目？」

かわいらしくおねだりする波琉は、あざとく首をかしげる。

いったいそんな仕草をどこで覚えたのやら。

ミトは少々心が揺れ波琉の頬をじっと見つめ考えたが、その美しい顔を間近にすれば、やはり自分にはまだ早いと顔を背け両手で顔を隠す。

「無理ぃ～」

「あはは。残念」

波琉ののんびりと楽しそうな声色を聞いていると、本気で残念に思っているのか判断しづらい。ただミトをからかって遊んでいるだけではないのかと思いすらする。

波琉は顔を隠すミトの両手を外し、指を絡めて握った。

ミトはそれだけでも羞恥心で身悶《みもだ》えたくなる。

「龍神は気が長いから焦らなくても大丈夫だよ。でもいつかはミトから。ね？」

人畜無害そうな笑顔で「ね？」なんて言われても、ミトも「はい」とは答えられそうにない。

ミトが心の中で自分からキスできるかできないか葛藤している間、波琉はミトの手を弄ぶように指を絡ませている。

ふと、その手が止まると、波琉は今思い出したとばかりに口を開いた。

「そうそう、ミト。今度煌理《おうり》が来ることになったよ」

「おうり？　誰？」

聞いた覚えのない名前にミトは首をかしげる。

「金赤の王だよ」

「金赤の……。波琉と同じ龍神の王様？」

「うん」

波琉と立場を同じくする、龍神たちをまとめる四人の王。

紫紺の王である波琉。白銀の王。漆黒の王。そして、金赤の王。

中でも金赤の王は、ミトと関わりがある。

「どうして来るの？」

「少し前、天界へ帰る久遠に煌理への伝言を頼んでいたんだよ。龍花の町に来てくれるようにって。星奈の一族がどうして龍花の町から追放されたのか、本人に聞くのが一番早いからね。久遠は煌理の側近だけど知らないみたいだったから」

「そうなんだ」

ミトは思い出す。

星奈の一族が龍花の町を追われたのは、金赤の王が命じたからだ。

それが起きたのは百年前。ミトが生まれるずっとずっと前のことで、龍花の町では『星奈の一族』が禁句扱いになっており、尚之や蒼真でもなにがあったのかを知らない。

「金赤の王様に聞けば、百年前になにがあったか分かるの？」

なぜ自分が星奈の村で虐げられていたかも。

「たぶんね」

「そう……」

知りたい。けれど知るのが怖い……。

なぜ自分はあんなにも理不尽に村の人たちから嫌われていたのか。

花印を持つ者がどうしてあの村で忌むべき存在となったのか、それは両親ですら分からない。

知ることで余計につらくなりやしないかと、ミトは心配で表情が曇る。

そんなミトの頭を波琉が優しく撫でる。

「大丈夫だよ。僕がいるからね」

すべてを包み込むような波琉の笑顔が、ミトの中の不安を吹き飛ばしてくれる。

「うん」

百年前になにがあったのか。もうすぐその理由が分かる。


それから数日後。

朝食を終えて学校へ行く支度をしていたミトのところに蒼真がやってきた。

「ミト。今日は学校は休め」

「えっ、どうしてですか？」

もう制服に着替えて準備万端だというのに。

「先ほど神薙本部から連絡があって、金赤様が龍花の町に降りられた。そのまま紫紺様のいらっしゃるこの屋敷にお越しになるそうだ。紫紺様が、金赤様との話し合いにはミトも同席するようにだとさ」

「そういうことですか」

あらかじめ金赤の王が来ると教えられていたミトは特に驚かなかった。

「分かりました。じゃあ、千歳君に連絡を……」

ミトはスマホを手に持って、千歳にメッセージを送ろうとした。しかし……。

「もうしてある」

「えぇ！」

蒼真の先を行く対応に、ミトは喜ぶでも感心するでもなく、ひどく残念そうな顔をした。

そんな顔をされる理由が分からない蒼真は不思議がる。

「なんか問題か？」

「私が連絡したかったです。せっかくスマホを使うチャンスなのに……」

「あー、そういう意味か」

蒼真はあきれ顔。

これまで村で暮らしていたミトには、スマホという外部と接触できるツールなど与えられなかった。

存在は知っていても、手に入れるなど夢のまた夢だったのだ。

それが、この町にやってきて、学校にも通うし連絡を取れるようにしておいた方がいいだろうとミト専用のスマホが用意された。

初めて手にするスマホに、ミトは目を輝かせながら大喜びしたものだ。

とはいえ、学校で友達などできなかったミトのスマホの中に登録されている名前は数えるほどである。

なんと、せっかく手に入れたのに使う機会がまったくないのだ。どれだけがっかりしたか。

そんなミトにとって、今がまさにスマホという夢のツールを使う時だった。

それがあっさりと蒼真によって機会を奪われたのだから、がっくりと肩を落としてしまうのは仕方ない。

蒼真もなんとなく理由を察したようで、少々申し訳なさげであった。

「持ってりゃ今後も使う機会はいくらでもある。今回はあきらめろ」

「はい……」

ミトは泣く泣くスマホを元の位置に戻した。

そして、せっかく着た制服を着替えて波琉の部屋へ向かう。

蒼真は金赤の王を迎える準備があるからと、急ぐように行ってしまった。神薙という職業はなにかと大変そうだ。

いつもは比較的静かなこの屋敷が、今日ばかりは少し騒がしい。人も普段より多い気がする。

ミトが廊下を歩いていると、黒猫のクロが、スズメのチコとともに日向ぼっこをしていた。

「おはよう。クロ、チコ」

『おはよう。ミト』

普通の人間にはチュンチュンとしか聞こえないチコの言葉を、ミトはしっかりと理解していた。

チコに続いて、大きなあくびをしたクロが挨拶する。

『おはよう〜。なんだか今日は朝から騒々しいわね。知らない人間が出入りしていたわよ。なにかあるの？』

「これから金赤の王様がここに来るんだって」

ミトはしゃがんでクロの頭を撫でた。

『ふーん、そうなんだ』

クロは金赤の王と聞いてもあまり興味はないようだ。

「そういえば、シロは？」

ミトは犬のシロを探して周囲を見渡すが、白いもふもふは見当たらない。

『朝ごはん食べてから森の奥に行っちゃったわ。夜には戻るでしょう』

「シロはここに来てからずいぶん楽しそうね」

ミトはクスクスと笑う。

元は村長の家で飼われていたクロとシロだが、二匹はあっさりと村長たちを見捨ててここに一緒に来ることを望んだ。

もともとクロもシロもミトをいじめる中心的存在である村長一家を嫌っていたので、決断は早かったようだ。

お馬鹿かわいいシロはあまりよく考えずに、大好きなクロが家を出る選択をしたから一緒に来たという感じもするが、結果的には思うがままに走り回れる大きな庭のあるこの屋敷に来て正解だったろう。

村では他の住人もいるため放し飼いとはいかずに、散歩以外は外の犬小屋に首輪と鎖でつながれていたから。

その頃を思えばかなり自由にしている。

クロも村長の家にいた時よりリラックスしているように思えた。

のんびり日向ぼっこをしている姿をよく見かけるのだ。

そこには時々チコが一緒にいる。

鳥と猫という危うさを感じる生き物同士だが、同じくミトのために戦った同志として仲良くやれているみたいだ。

クロもチコも好きなミトにとったらとても嬉しい。

そうしてクロとチコとおしゃべりをしていると、違和感を覚える。

強いなにかが迫ってくるような重圧感。

クロとチコも敏感に察知したらしく、寝転んでいたクロが起き上がる。

「なんだろ。なんか変な感じ」

『たぶんさっきミトが言ってた龍神様ね。波琉と似た大きな力を感じるもの』

「いわゆる神気ってもの？」

『そうね。人間は鈍いから気づきにくいけど、ミトは勘がいいからすぐ気づいたわね』

それがいいのか悪いのかはミトには分からない。

『波琉は凪《な》いだ海を思わせる穏やかな神気だけど、金赤の王ってのは燃える炎のような荒々しさが少しあるわね』

そうクロは神気の違いを分析する。

「うーん。私にはよく分からない」

『まあ、人間はそんなものよ。とりあえず神様だって崇めるのを忘れなければいいんじゃない？』

『そうそう。神罰なんて受けたくないものね』

チュンチュンとチコが同意するが、なにげに怖いことを言っている。

それは波琉と同じ花印を持つ自分とて、失礼な振る舞いをしてしまったら神罰を与えられるということではないかと、ミトは怯えた。

なにが龍神の逆鱗《げきりん》に触れるのかミトはまだ龍神というものをよく知らないのに、どうしたらいいのか。

金赤の王との話し合いにはミトも同席する。

ヘマをやらかしてしまったらと思うと、ミトは急に恐ろしくなってきた。

これは早く波琉のところへ行って彼の後ろで大人しくしているのが賢明だ。

ミトが立ち上がると、角を曲がり尚之に先導されて誰かがやってくる。

腰ほどまである長い赤茶色の髪。快活そうな美しい男性で、どちらかというと細身で中性的な波琉と比べると男性的な引きしまった容姿をしている。

その瞳は金赤色。

紫紺の色を瞳に持つ波琉が紫紺の王だというなら、きっと彼が金赤の王なのだろうとミトはすぐに察した。

なにより、彼からあふれ出るオーラのようなものが人ではないと教えてくれる。

この町に来た当初こそ分からなかったが、波琉と過ごすようになってなんとなく分かってきた神気というものだ。

男性の隣には、見るからに品のある着物を着た若い女性がいる。

黒い艶やかな髪は結い上げており、髪に挿された控えめな飾りのついたかんざしがゆらゆら揺れている。

金赤の王と思われる人は、その女性をエスコートするように手を引いて歩いてくると、ミトの前で足を止めた。

そして、ミトを値踏みするようにじっくりと見つめ、ミトの左手にある花印に目を留めて納得げな顔をする。

「なるほど、お前が波琉の伴侶か。名前は？」

「ミ、ミト。星奈ミトです！」

「星奈……」

途端に金赤の王の顔が険しくなり、体が震える。

自分はなにかしてしまったのだろうか。

『神罰』という文字が頭をよぎり、ミトはビクビクと怯えた。

「あ、あの……」

「聞いてはいたが、本当にあの女の子孫なのだな」

怖い……。

なにが彼の逆鱗に触れたのかは知らないが、目の前の人物が不機嫌だということは嫌でも伝わってきた。

まさに蛇ににらまれた蛙《かえる》のごとく硬直するミトを見る金赤の王だったが、突如彼の横っ腹に肘打ちがめり込んだ。

一瞬痛そうな顔をした金赤の王は、自分を攻撃した隣に立つ女性に目を向ける。

「千代子《ちよこ》、なにをする？」

「あなたがかわいらしいお嬢さんをいじめているからですよ」

「いじめてなどいない」

「いいえ、いじめてます」

千代子と呼ばれた二十代中頃の女性はニコニコしながらも、金赤の王に有無を言わせなかった。

そして、金赤の王とつながれた手を振り払い、固く握りしめられたミトの手をそっと包んだ。

「ごめんなさいね、怖かったでしょう」

「あ、いいえ！　そんな……」

「いいんですよ、本当にこの人ったら見た目はいいくせに、それをあまり理解していないのよ。綺麗な人ににらまれると迫力があって逆に怖いわよね」

「えーと……」

確かにその通りなのだが、本人がそばにいる手前、肯定していいものかミトは悩む。

「さあさあ、かわいらしいお嬢さんをいじめる悪人は放って行きましょうね。尚之さん、案内をお願いします」

「かしこまりました」

金赤の王を前に神薙が出しゃばれないと空気と化していた尚之は心配そうな目線をミトに向けてから動きだし、千代子もミトの手を引いて歩みを進めた。

「こ、こら、千代子」

慌てたように後ろから金赤の王がついてくる。

「えっ、えっ？」

ミトは混乱しながら千代子に引っ張られるしかない。

そして、波琉の部屋までやってくると、ようやくミトの手が離された。

部屋の前には蒼真が正座しており、金赤の王と千代子に向けて頭を下げる。

「ようこそおいでくださいました。金赤様。千代子様。紫紺様が中でお待ちです」

すっと尚之が襖《ふすま》を開けると、尚之と蒼真がいるのはここまで。部屋の中には、ミトと千代子、金赤の王だけが通された。

中へ入ると、ミトは助けを求めるべく波琉のそばに駆け寄り、一歩後ろで波琉の背に隠れるように座った。

千代子と金赤の王は、波琉の向かいに座る。

「遅かったね。待ちくたびれたよ」

「そうか？　久遠からの連絡があってそんなに時間は経っていないだろう」

「久遠が帰ってから結構経ったよ。ねぇ、ミト？」

「えっ、あ、えっと……」

急に話を振られたミトは言葉に詰まった。

そんな少し様子のおかしなミトに波琉はすぐに気がついた。

「ミト、どうかした？　なんか怖がってる？」

なんでもないと返事しようと思ったが、千代子の方が早かった。

「先ほど煌理様が威圧していじめてしまわれたのですよ」

「おいおい。言いがかりだろ」

金赤の王は苦い顔をするも、千代子は言葉を翻さない。

すると、波琉からそれまで浮かんでいた笑みが消える。

「煌理。僕のミトになにかしたなら、君だろうと容赦しないよ」

途端に重くなる空気に、ミトだけでなく千代子の顔色も悪くなる。

それに加え、なにやら外から雷のゴロゴロという音も聞こえてきたので、さすがにミトは波琉が怒っているのを悟る。

その一方で、金赤の王は驚いた顔をしていた。

「……お前がそんな顔をするとはな。よほどその娘が大事なのだな」

「当たり前だよ。ようやく見つけた僕の唯一だからね」

冷え冷えとした眼差しで金赤の王を見つめる波琉とは反対に、金赤の王は柔らかな笑みを浮かべていた。

「くくっ。お前がここまで変わるとは。安心しろ。お前の唯一に手を出すほど愚かではない」

こらえきれずに声をあげて笑う金赤の王に、波琉は苦虫を噛み潰したような顔をする。

それとともに、雷もどこかへ行ってしまった。

ほっとするミトだが、きっと部屋の外で待機中の蒼真や尚之も安堵しているだろう。中の様子が分からない分、空模様が急に変わって焦りまくっていたはず。

後で説明を求められそうだなと思っていたら、金赤の王と目が合った。

反射的に体を強張らせるミトだったが、金赤の王は先ほどとは違う穏やかでいて親しみのある笑みを向けてきた。

「先ほどはすまなかった。特に怖がらせたいわけではなかったが、結果的に怖がらせてしまったな。もうしない」

「いえ。金赤の王様になにかされたわけではないですし」

「煌理でいい。金赤の王などといちいち呼ぶのは長いからな。私の伴侶である千代子とて、波琉と呼んでいる」

ちらりと千代子に視線を向ければ笑顔で頷かれ、ミトも素直に受け入れる。

「はい。ありがとうございます。煌理様」

「ああ」

どうやら怖い人ではなさそうだと安堵するミト。

先ほど伴侶と言われた千代子も優しそうな雰囲気の人で、ミトはいろいろ話を聞きたくなった。

なにせ波琉からは煌理の伴侶は花印を持つ人間だと聞いていたからだ。

つまりはミトの先輩。天界がどういうところなのか、どういう生活をしているのかとても気になる。

けれど、先に済ませておかねばならない重要な話があった。

「それで、早速本題に入りたいんだけどいいかな？」

波琉が切り出すと、煌理も真剣な顔をする。

「星奈の一族に関してだったな」

「そうだよ。百年前なにがあったか知りたい。そのせいでミトは生まれてからずっと大変な目に遭っていたからね」

「どういうことだ？」

煌理はミトの生い立ちまで聞いていないのか、不思議そうにする。

波琉はミトを見る。

「ミト、話してかまわない？」

「うん。でも、私から話す方がいいかな？」

「つらい記憶をわざわざ口にする必要はないよ」

そう反対して、波琉はミトの頭を撫でた。まるで、ミトのつらい気持ちすら自分が引き受けるとでもいうように。

ミトは波琉に甘えることにした。正直言うと、村での生活を思い返しながら自分から話すのは涙が出そうなほどしんどいのだ。

そうして、波琉の口から、ミトが生まれて以降の村での扱いが伝えられた。

時々顔を険しくさせる波琉からは村民への怒りが感じられると同時に、空が曇ってきたので、ミトはいつ雷が落ちるか心配でならない。

やはり自分から伝えた方がよかったのではないかとミトは後悔した。

話が終わると、煌理も怒りを感じた表情をしており、千代子にいたっては悲しげに目を伏せていた。

「あの一族の自分勝手さはまったく変わっていないようだな」

煌理の口から吐き捨てるように紡がれた言葉には、嫌悪感があった。

「……ミトさんがそんな目に遭ってしまったのは、私のせい……なのかもしれませんね」

　千代子から発せられた小さな声を聞き取った煌理が強く否定する。

「馬鹿言え！　あれは星奈の一族が悪かったのだ。あの女が元凶であるのは間違いない」

　そう煌理は怒鳴って千代子を腕に抱きしめた。

　それでも千代子の顔は晴れない。

「ですが、九楼《くろう》様が堕ち神となってしまったのも、その事件があったからです」

　千代子の『堕ち神』という言葉にミトははっと息をのみ問いかける。

「……なにがあったんですか？　百年前に」

　すると煌理が、千代子を抱いたままゆっくりと話し始めた。今や龍花の町の人間が知らない百年前の出来事を。

「話は百年ほど前、私に花印が浮かび、龍花の町へ降りたことから始まる。すでに家族とともに龍花の町に移り住んでいた千代子を見つけるのは至極簡単だった。まだ幼かった千代子の成長を間近で見られるのは私の楽しみでもあり、千代子も歳を経るごとに私へ好意を抱いてくれていると感じられて嬉しかった」

　昔を思い出しながら話す煌理の顔は優しく、千代子をどれだけ愛しているのかが伝わってくるようだった。

　けれど、突如として表情が抜け落ちる。

「そんな千代子には友人がいた。星奈キヨという千代子と同じ歳の娘だ」

「星奈……」

　ミトははっとする。

　自分と同じ星奈の名前。

「当時星奈の一族は代々優秀な神薙を輩出する名家だった。そんな名家から初めて花印を持って生まれたのがキヨだ。星奈の一族はそれは大事に育てていたのを覚えている」

「ま、そうなるだろうね」

　波琉は冷めた声色で相づちを打った。

　誰よりも神のそばに仕える神薙だからこそ、花印を持つ者への扱いには慎重だったはずだ。

　一族から神の伴侶となるかもしれない子が生まれて、誉に思ったかもしれない。

「キヨはよく私の屋敷に顔を出していた。千代子とは仲がよかったからな。私もキヨが遊びに来ることに否やはなかった。千代子も楽しそうにしていたし、よく三人でお茶会をしたものだ」

話だけを聞いていると、ここまでなにも問題はないように思える。

「楽しかった……。そう、私も千代子とキヨといる時間はとても心穏やかで、天界では味わえない幸福感に満たされていた」

煌理はどこか悲しげな目で昔を懐かしむ。それは隣にいる千代子も同じであった。

「そんな関係が壊れ始めていたことに気づけていたら、もっと違ったのかもしれない」

「なにがあったの？」

波琉が問う。

「私が鈍かったのだろうな。年頃の女性に成長したキヨは、いつからか私に恋心を抱くようになっていた。それにより、私の伴侶である千代子を邪魔に感じだしたのだ」

「あの……。邪魔もなにも、花印が違う龍神様に好意を持っても報われるんでしょうか？」

ミトがおずおずと口を挟む。

「いや、花印とは天帝が決めた龍神と人とのつながり。花印が違えば天界へ連れていくことは叶《かな》わない。そもそも私は千代子を愛していたからな。他に目は向いていなかった。キヨにもそうはっきりと告げ、私をあきらめるようにと言い聞かせていた」

「キヨという方はそれで納得したんですか？」

「いや、それどころか、千代子を排除しようと動いたのだ」

ミトが千代子に視線を向けると、顔を俯かせている。

「キヨには普通の者とは違う不思議な力があった」

体をびくりとさせたのはミトだ。

ミトもまた、動物と会話できるという普通の人間にはない不思議な力がある。

これは偶然なのか、星奈の一族自体にそういう力を持った者が生まれやすいのか、ミトには分からない。

「どういう力だったの？」

ここで初めて強い興味を示した波琉が問う。

「人を操る力だ」

苦々しく感じているのか煌理の顔が険しくなると、波琉もまた眉根を寄せた。

「人を操るって？」

「言葉通りだ。本人の意思を奪い、自分の思うように命令を遂行させられる。キヨはその力を自らの一族に使い、あろうことか千代子を殺そうとした」

「そこまでするなんて……」

ミトは両手で口元を隠す。

「千代子がいなくなれば、自分が伴侶になれると本気で思い込んでいたようだった。あり得ないというのに」

そんな簡単に人の命を奪おうとするキヨという人物に対して、ミトは衝撃を受ける。

そして、人にはない力は時に人の命を奪おうと思えるものなのだと知り、自分の力が危険なものなのではないかと初めて怖くなる。

「キヨさんはどうなったんですか？」

目の前に千代子が無事でいるのを考えれば、キヨの計画は防がれたと考えていいはずだ。

「キヨは、私が殺した。操られた人間たちもろともな」

淡々とした口調の煌理からは、なんの感情も感じられなかった。

ミトもどう反応していいのか分からない。

そんな中で波琉は関係ないとばかりに口を開く。

「珍しいね。基本的に温厚な君が、被害者と言ってもいい操られた者たちまで殺すなんて。いくらでも手加減できただろうに。いや、逆かな？　最愛の伴侶を殺そうとした害悪に安易な死を与えるなんて、ずいぶん優しいんだね」

「操られていたとしても、千代子を殺されそうになって手加減できなかったんだ。キヨに対しても同じだ。殺してしまった後で、千代子を狙った罪をその身に償わせればよかったと後悔したさ」

ふたりの会話の内容を聞いていたミトは、やはり龍神なのだなと再認識させられていた。

淡々と人の死を語っている。慈悲と冷酷さのふたつの相反するものを持ち合わせているのがきっと神なのだろう。

「私はその事件の後、星奈の一族を龍花の町から追放した。それまでにもキヨの危なっかしさを感じていた私は、キヨをよくよく見張るように命令しておいたのに、見張るどころか逆にキヨに協力する者もいたのでな」

「なるほどねー。だったら追放されてもおかしくないね。同じ問題がミトに起こったら、町どころか国から出ていけって怒鳴っているよ」

膝を立てて頬杖《ほおづえ》をつく波琉は少々あきれ気味でそう言った。

「それで、堕ち神がどうして星奈の一族に関わってくるの？」

「キヨを殺したのを怒り悲しんだ者がいたんだ。それは、キヨと同じ花印を持つ龍神だった。九楼という漆黒の王に連なる者だ」

「えっ、キヨという方には同じ花印を持つ龍神様が迎えに来ていらしたんですか？」

ミトはびっくりして目を丸くする。

煌理を好きだったというから、てっきり龍神の伴侶は町にいないものと思っていたのに。

「ああ。といっても、キヨは私が好きだからと九楼の求愛を断っていた。それもあって九楼からは憎々しく思われていたようだが、さすがに王である私になにかするわけではなかった。しかし、私がキヨを殺し、歯止めがきかなくなってしまってな」

煌理は小さく嘆息した。あまり思い出したくない記憶なのだろうか、表情が曇っている。

「怒りを私だけに向けてくるならまあいい」

「いや、よくないでしょう。人間界で龍神同士が戦うのはご法度だよ」

すかさず波琉がツッコむ。

「そうなの？」

思わずふたりの会話を遮るようにミトは声をかけてしまった。

波琉は怒るわけでもなく、ミトに微笑む。

「そうだよ。龍神といっても制約がないわけではないんだ。特に人間界にいる間はね。天帝が取り決めたルールがあって、守らないと堕ち神になる場合もある。それはまたいつか教えてあげるね」

「うん。話の腰を折っちゃってごめん」

ミトは申し訳なさそうにした。

気にする必要はないというようにミトの頭を撫でてから、波琉は煌理に視線を戻した。

「それで、その龍神はなにしたの？」

「手がつけられないほど怒り、龍花の町で暴れ回った結果、多くの命を奪ったのだ」

「あー、それは駄目だね。天帝から罰を与えられるのも仕方ないか」

波琉は納得しているが、ミトは首をかしげる。

ミトには煌理と九楼の行為の違いが分からなかったのだ。

疑問符を浮かべるミトの様子に気がついた波琉が声をかける。

「どうしたの、ミト？」

「いや、煌理様は千代子様の命を狙われて操られた人やキヨさんを殺したのはいいのに、その九楼っていう龍神様がたくさんの命を奪ったのはいけないの？　どっちもたくさん殺した結果に変わりはないのに」

ミトの素朴な疑問だ。

別に煌理を責めるわけではないが、人を殺したのは一緒なのに、九楼だけが罰を与えられたというのが腑《ふ》に落ちない。

「そこが気になったのか。まあ、確かに同じように感じるけど全然同じじゃないんだよ」

「どうして？」

「ねえ、煌理。命を狙われた時に千代子とは〝花の契り〟を交わしていたんだよね？」

「ああ。その通りだ」

問う波琉に、煌理は静かに頷いた。

『花の契り』。またミトの分からない単語が出てきた。

波琉はミトに目を向け説明する。

「花印を持った人間が天界へ行くためにはね、龍神に選ばれればいいってものではないんだよ。花の契りという契約を交わす必要があるんだ」

「その契約をしないと天界へ行けないの？　私も？」

「そうだよ。そして、花の契りを交わしている伴侶は龍神と同じ存在とみなされる。それを踏まえた上で考えてみて。人間が龍神の命を狙ったとしたらどうなると思う？」

「龍神様を怒らせちゃう？」

ミトは自信なさげに答えた。

「その通り。龍神を害そうとする人間に神罰を与え、神の威光を知らしめたところでなんら問題ない。人間に舐《な》められるわけにはいかないからね。だから龍神と同等の存在である千代子を殺そうとした人間たちは、ただ神罰を与えられただけなんだよ。ここまではいい？」

「うん……」

「けれど、その九楼という龍神は、なんら罪のない命を無作為に奪った。その中にはきっと人間じゃない命も含まれていただろうね」

煌理に視線を向けると、波琉の言葉を肯定するように真剣な顔で頷いた。

「天帝は罪なき命を刈り取るのを許しはしない。だから、罰としてその者は天界から追放されたんだ。至極真っ当な理由だよ」

「同じだけど違うってのはそういう意味なんだ」

「うん、そうだよ」

納得するミトの頭を波琉はニコニコと撫でた。

小さな子を褒めるような行いにミトは恥じらう。

「それにしても、その龍神はキヨという子と花の契りは交わしていなかったのか……」

小さな声で発する波琉の言葉に、煌理が肯定する。

「ああ。なにせ、私を追っかけ回していたからな。花の契りを交わしていたら、私が殺したとしても魂は天界へと向かい、新たな生を受けていたのだが、キヨは花の契りを受け入れなかった。だったらすっぱり九楼をふればよかったのに、キヨの悪いところは、はっきりと拒否はせず曖昧にしつつ九楼を手放していなかったことだ。だからこそ、九楼もあきらめきれずキヨから離れられなかった」

「最悪の悪女だね」

波琉が嫌悪感をあらわに顔をしかめる。

ミトもキヨの態度がいかにひどいか分からないほど恋愛に無知ではない。

「いいように使われちゃったんだね」

「ああ。だから、九楼が堕ち神となった時、桂香《けいか》はキヨに対してかなり怒っていたな。自分の身内から堕ち神を出す原因となった女なのだから」

「苛烈な彼女ならそうなるだろうね。もしかして星奈の一族を追放したのもそれがあるから？」

「ああ。星奈の一族を皆殺しにしかねない勢いだったからな。桂香まで堕ち神にするわけにはいかないから、この町から離れさせたのだ」

会話を続ける波琉と煌理のそばで、千代子がそっと教えてくれる。

「桂香様とは、漆黒の王のお名前ですよ。波琉様にも負けず劣らずお美しい女性の龍神様なのですが、怒らせると天界一怖い方なので気をつけてくださいね」

「そうなんですか。ありがとうございます」

ミトひとりだけ話についていけなかったのでその情報は非常に助かった。

漆黒の王は苛烈な女性だと、ミトは胸に刻んだ。

それにしても皆殺しとは穏やかではない。

「全員が全員キヨに加担していたわけではなかったが、キヨを止められなかった責任と桂香の気持ちを考慮して追放としたのだ。その後、星奈の一族がどこへ行ったかは私も知らない。まさか、よかれと思ってしたことが巡り巡って波琉の伴侶をつらい状況に追いやるとは想定外だった。すまない。私の責任だな」

煌理は素直に謝ったが、ミトは煌理が悪いなどとは微塵《みじん》も思っていないので慌てた。

「いえ！　確かに村での生活は苦しかったけど、今は波琉がいるから大丈夫です」

「それなんだけどさ、村の人たちはキヨや星奈の一族の罪を知っていてミトを虐げていたのかな？」

などと突然波琉が言いだした。確かにそこは気になるところだ。

両親は花印が村にとってよくないものとは代々教えられていたが、なぜなのかまでは知らなかった。

「……村長なら知っていたかもしれない。たぶんだけど」

村長以外にも年寄りは知っていた可能性が高い。

確証があるわけではないのだが、ミトを見るあの目を思い出してそう感じた。

まるで危険なものでも見る目。そして、執拗《しつよう》に外に出さないようにしていたのは、なにか他に理由があったのではないかと思っていた。

「本人に聞いてみようか」

「えっ!?」

突然の波琉の発言にミトはびっくりする。

「蒼真〜！」

声を大きくして部屋の外に向かい波琉が呼びかけると、すぐに蒼真が襖を開いて姿を見せた。

「御用でしょうか？」

「うん。あのさ、星奈の村の村長たちってどうなった？」

「花印の子を故意に隠し虐待していた罪で裁判中ですね。その者たちがなにか？」

「村長たちと話とかできる？」

蒼真は一瞬間が空いたが、すぐに頭を下げた。

「紫紺様がお望みとあらば、ただちに手配いたします」

「じゃあ、頼むよ」

「かしこまりました」

今は煌理もいるからだろうか。

いつもより蒼真の態度が丁寧なのでなんか変な感じだ。完璧な笑顔を仮面のように貼りつけた上で猫を何重にも被っていて、気味が悪い。

しかし、空気の読めるミトは口にはしなかった。

三章

ひと通り話が終わり、煌理と千代子は自分たちに用意された屋敷へと向かっていった。

千代子とはもっと話をしたかったが、星奈の一族の罪を教えられてすぐでは、少し頭を整理する時間が必要だった。

ふたりはしばらく龍花の町に滞在するというので、話をする機会はこれからもあるだろう。

煌理はというと、波琉に大量の書類を持ち込んでいた。

目の前に積まれた書類を苦々しく見る波琉は、今にも頭を抱えそうな顔をしている。

煌理は実に楽しげに、「お前の優秀な補佐からだ」という言葉を残していった。

「瑞貴……」

その名前は以前にも聞いた覚えがあったのでミトは知っていた。紫紺の王である波琉を補佐している龍神だ。

ふたりが帰った後、波琉は大きなため息をつきながらも書類に目を通していくことにしたようだ。

「ねえ、波琉。聞いてもいい？」

「なに？」

波琉は書類から視線を上げ、ミトを見る。

「花の契りっていうもののこと」

煌理と波琉の話に出ていた時からずっと気になっていたのだ。

やっと落ち着いて聞ける雰囲気になった。

「あー、そうだね。ミトには話しておいた方がいいか。他人事じゃないものね」

「うん」

「おいで」

波琉が伸ばした手を取ると、ミトを引き寄せて膝の上に乗せた。

「わざわざこの状態になる必要ってあるの？」

「僕がそうしたいからいいんだよ」

邪気のない笑みを向けられれば、ミトも拒否しづらくなるので困った。

波琉はそこも計算しているのではないかと思う時がある。

だが、まあ、今重要なのは花の契りのことだ。

「なにが気になるの？」

「花の契りを交わさないと天界に行けないんでしょう？　つまり、今の私はまだ行けないってこと？」

「そうだね。今のミトじゃ一緒に天界へは行けない」

「じゃあ、さっさとその契約をしないの？」

純粋なミトの疑問に対し、波琉は少し表情を曇らせる。

ミトにはなぜそんな顔をするのか分からなかった。

「波琉？　なにか問題でもあるの？」

「問題と言ったら問題なのかな？　それはどちらかというと僕よりミトにあるけど。僕はいつ花の契りを交わしたってかまわないと思っているから」

「どんな問題？」

「人の魂はね、輪廻《りんね》の輪の中にいるんだよ。今の寿命を終えても、また世界のどこかで新たな生を受ける。そうして魂は巡っているんだ」

波琉の話は壮大すぎてミトにはいまいち実感するのが難しい。

「私も、私として生まれる前は別の誰かだったってこと？」

「そういうこと。そこでは昌宏《まさひろ》や志乃《しの》は逆にミトの子供だったかもしれない。もしかしたら兄妹だったかもね」

ミトは「えー」と言いながらクスクス笑う。

とても想像ができない。もし兄妹だったら、昌宏はきっとシスコンだろうなと思う。

「冗談ではないよ。人の縁というのはね、一度結ばれると何度生まれ変わってもつながっているんだ。それがどんな形として現れるか分からないけど、切れることはない」

「そうなんだ」

もしかしたら両親の家族として生きるのは初めてではないのかもしれないと思うと、嬉しい気持ちになる。

「だけどね、花の契りはその縁を切るものなんだ」

「え……。なんで？」

「龍神の伴侶として天界へ行くということは、人の理《ことわり》から外れるということなんだ。そうすると、本来なら人間が行く場所にミトは行けなくなり、両親や友人たちとは違う理の中で生きることになる。つまり、ミトの魂に刻まれた縁が絶ち切られてしまうんだ」

「縁が切れるとどうなるの？」

まだミトには理解が追いつかなかった。

「今のミトには両親との間に親子のつながりができている。その結ばれた縁のおかげで、寿命を迎えて次に生まれ変わった時にも再び出会える可能性が高い。けれど、花の契りを結んでしまったら難しくなる。それが縁を切るということだよ」

両親とはもう会えない……。

思わず言葉を失うミトに、波琉が優しく頭を撫でる。

「本当はミトがこの町にもっと慣れてから言うつもりだったんだけどね。ミトにとって両親がどれだけ大事な存在か分かっていたから」

波琉の痛いほどの気遣いが伝わってくる。

「混乱するよね。でも、ごめん。僕はミトを天界へ連れていくよ」

ミトと波琉の視線が合わさる。

波琉の目はとても真剣で、吸い込まれそうなほど透明な瞳をしていた。

「僕にはもうミトのいない世界なんて考えられない。まだ覚悟もできていないのにひどいと思うかもしれないけど、たとえどんなになじられても、ミトを手放す選択肢は僕にはないんだ。でも、いつまででも待つよ。ミトの覚悟ができるまで」

優しい波琉。

そして残酷な波琉。

私にすべてを捨てることを望んでいる。

「私は……」

それ以上の言葉が出てこない。

花の契りがそんな大きな意味を持つものなんて思いもしなかった。

自分はどうしたい？

どう答えたらいいのか、ミトにはすぐに判断が下せない。

すると、再び波琉がミトの頭を撫でる。

「言ったでしょう。いつまででも待つって。すぐに決める必要なんてないんだ」

「波琉……」

「僕たち龍神からしたら人間の寿命は瞬くほど短いけど、ミトが答えを出すには十分な時間がある。今すぐでなくていいから、ゆっくり考えて」

その優しい声色に、ミトはこくりと頷く。

「ん、いい子。僕は瑞貴からの仕事に目を通すから、ミトはご両親のところに行っておいで」

「……うん」

立ち上がると、ミトは波琉の邪魔にならないように部屋を出て、屋敷の庭にあるミトの両親の家に向かった。

今は両親だけが住んでいるが、食事などはミトもこの家で取るし、暇があれば訪れているので、そういう意味ではあまり今までと生活は変わっていない。

両親はそれぞれこの町で仕事を斡旋《あっせん》されて働いていて、今日は休みを取っていた。

煌理が来て、星奈の一族についての話し合いがされると聞いていたからだ。なにかあればミトのサポートをしたいとわざわざ仕事を休んでくれた。

なので、両親にも先ほど煌理から聞いた話を伝える必要がある。きっと心配しているに違いない。

「ただいま～」

正確にはミトが住むのは波琉がいる屋敷だが、やはりこの家に来ると、帰ってきたという気持ちが浮かんで「ただいま」と口から出てしまう。

ミトが靴を脱いでリビングへ向かえば両親が待ちかまえていた。

「ミト。もう話は終わったのか？」

「うん」

父親の昌宏は新聞を広げながら心配そうにミトをうかがう。

「今、お茶を淹《い》れるわね。話はそれからにしましょう」

母親の志乃はお湯を沸かし始めた。

お茶が用意されるまでの間、なんとも言えぬ緊張した空気が漂う。

昌宏も志乃も早く聞きたくて仕方ないのだろう。星奈の一族の追放によって大きな影響を受けたのは、ミトだけでなく両親もなのだから。

村人と接する機会が多かったことを考えると、ミトよりずっと深刻だったかもしれない。

両親は決して弱いところをミトには見せなかったが、村での生活で苦労していたのをミトは知っていた。だからこそ、両親もこの町に連れてこられ、こうして一緒に暮らせて本当に安堵しているのだ。

お湯が沸き、志乃が人数分のお茶を淹れたカップをテーブルに置いていく。

ひと口飲んでほっと息をつくミトは、両親の顔を見て話し始めた。

先ほど煌理から聞いた星奈の一族の話を。百年前になにがあり、どうして星奈の一族は追放されたのか。

「私が忌み子って言われ続けていたのは、たぶんその件があったからだと思う……」

まだミトも確証があるわけではないが。

「どれだけの村人が知ってたか分からないけど、少なくともなにか事情を知っていそうな村長に近々波琉が話を聞くらしいから、そこではっきりすると思う」

両親の反応はというと、昌宏は怒りを感じ、志乃はあきれているように見えた。

「なんなんだ、それは！　そんな昔の問題に振り回されていたのか!?　悪いのはその女であって、ミトは関係ないだろう！」

「ええ、まったくだわ。村長たちは追放されたからその女を恨んでいたのかもしれないけど、周りの人間だって同罪じゃないの。なのに、百年も経ってミトひとりが悪いようにすべてを押しつけるなんてっ」

ふたりは事実を知って憤っている。

かく言うミトも複雑な心境だった。まさか百年も前の出来事が今になって自分に影響を及ぼしているのだから。

「お父さんもお母さんも知らなかったんだよね？」

「ああ」

「私も全然知らないわ。ただ年上の人たちから花印を持つ者は不吉だって言われ続けていて、その理由なんてミトが生まれるまでは考えすらしなかったもの」

それはある種の洗脳だったのかもしれない。

両親のように、なにも知らずその言葉だけを信じてミトを忌み子とした村人は多くいたのではないだろうか。

なにが悪いかも考えず、自分たちの行いが善だと思い込んで。

それに振り回されたミト一家はいい迷惑だ。

まあ、村長たちは花印の子を隠していた罪で裁判中とのことだが、反省はしていない気がする。

「それにしてもキヨ、だったかしら？　彼女も特別な力があったのね。ミトみたいに」

志乃もそこは気になったようだ。

「うん。そうみたい」

「人を操る力なんて怖いけど、よくよく考えたらミトの力も使い方によってはかなり怖いわよね」

「そうだな。村長たちに隠していたのは正解だった。じゃなきゃミトになにをしていたか分かったものじゃない。もっと最悪な環境に身を置かされたかもしれないな」

志乃と昌宏は顔を険しくさせている。

ふたりの言うように、人を操る力と動物と会話できる力の違いはあれど、動物たちはミトを村から出すために協力して村人を襲った過去がある。

もちろんあくまで襲うふりだが、ミトが望めば本当に人を襲っていてもおかしくはなかった。

ただでさえ手にアザがあるだけで大騒ぎとなったのだ。そんな力もあると知ったらどういう行動に出たか考えるだけで恐ろしい。

両親の判断は正しかったのだと思う。

すると、志乃が「あっ、でも……」と口を開いた。

「波琉君によると、ミトほどじゃないけど、花印を持つ人間は少しなりとも不思議な力があるらしいわよ」

「え、そうなの？」

初耳なミトは驚いた。

「ええ。もともと花印には神気が含まれているらしくて、その影響で勘がよかったり、予知夢？みたいなのを見たりする子がいるそうよ。まあ、実際に活用できるほど強い能力を持つのはごく稀《まれ》な上に、本人が気づいていないパターンが多いんですって」

「じゃあ、私の能力もこれのせい？」

ミトは己の左手の甲にある椿《つばき》のアザに視線を落とす。

「かもしれないわねぇ。といっても、私も聞きかじりだから詳しいことは知らないのよね。気になるなら波琉君に聞いたらいいわよ」

「うん」

言われてみれば、波琉はミトに動物と話せる力があると聞いても特に驚かなかった。過去、不思議な力を持つ人間がいたとも話していた気がする。

他の特別科の生徒はどうなのだろうか。

気になるが、特別科に友人がいないミトには情報が入ってこない。

うぬぬっと眉間に皺を寄せるミトになにを思ったのか、昌宏が表情を明るくさせながら彼女の肩を叩く。

「まあ、なんにせよ、ここにいたらもう安心だ。波琉君もそばにいるんだしな」

「あら、やっと波琉君を認めるつもりになったのね」

志乃が微笑むが、昌宏が豹変《ひょうへん》する。

「まだ結婚は認めてないからなぁ！　それだけは許さんぞ！　ミトにはまだ早ーい！」

「まったく……」

志乃はあきれたように息をついた。

「ミトぉぉ。波琉君と俺とどっちが大事なんだぁぁ？　もちろんお父さんだよな？

なあっ？　昔はお父さんと結婚するって言ってくれただろぉー」

ミトに抱きつきながら嘆く昌宏に、ミトも苦笑するしかない。ここで素直に『波琉』と口にしたら、きっと面倒くさいことになりそうだ。

ひと息ついて、ふたりに花の契りに関してはまだ話していないなと思う。

両親なら、花の契りのことを聞いてどんな意見を抱くだろうか気になった。

反対するだろうか？　賛成するだろうか？

「ねえ、お父さん、お母さん。もし生まれ変わったら会えなくなるってなったら、どう思う？」

「どういう意味だ？　お父さんよく分からないんだが」

「なにかあったの？」

表情を暗くするミトは、花の契りと、それによって自分たちの縁が切れるという波琉の話を聞かせた。

聞き終わった両親の反応はまさに対照的。

「そんなの駄目だ！　生まれ変わったってミトは俺の娘だぞ。縁が切れるなんて、そんなこと許せるかっ」

「あら、別にいいじゃない」

激しく否定する昌宏と違い、志乃はなんとものほほんとした様子で笑っている。

「志乃、なんでだ！」

「だって、生まれ変わってもなんて言ったたって、私たちは覚えていないんだから意味ないじゃない。逆にあなたは覚えてるの？　前世でミトとどんな関係だったか」

「いや、それは覚えてないけど……」

一気に勢いをなくす昌宏。どうやら志乃の方が優勢のようだ。

「覚えてないことにすがったたって仕方ないでしょう。そんなのないのと一緒よ。それより大事なのは波琉君との長い長い未来でしょう？　ミトはどうなの？　ミトはどっちが大事なの？」

「私は……」

確かに志乃の言うように、覚えていないなら意味はないのかもしれない。

でも、つながっているという希望を持つことはできる。

花の契りを交わしてしまったら、もう縁はなくなってしまう。

答えの出ないミトの肩に、志乃が手を置く。

「迷ってるのね。でもね、ミト。たとえつながりがなくなったとしても、ミトが私たちの娘であるという事実に変わりはないのよ。それは私たちが寿命を迎え、ミトが天界に行ってしまったとしても。ね、そうでしょう、あなた？」

「も、もちろんだとも！」

昌宏は有無を言わせぬ志乃の圧にこくこくと頷いた。昌宏はまだ反対っぽい雰囲気だが、志乃の手前、否を言えない空気だ。

「お母さん……。お父さん……」

すると志乃はミトを叱るように、そしてすべてを許す温かさも持った眼差しで告げた。

「ミト、大事なものを間違えては駄目よ」

真面目な顔をする志乃の言葉はミトの胸に強く刻まれた。

そして数日後、これでもかと厳重に監視をされながら、村長が龍花の町に移送されてきた。

どうしてそんなことが可能だったのか知らないが、龍神の願いと言葉はそれだけ重いのだろう。

手続きに苦労したと蒼真が疲れたように愚痴を漏らしていたので、簡単ではなかったと思われる。

ミトは同席するかどうか波琉に問われた。

無理する必要はないと気を遣ってもらったが、ミトも真実を知りたかったので一緒に連れていってもらうことになった。

村長との面会が叶ったのは、龍花の町にある警察署。

驚くことに龍花の町にも警察署があったのである。

よくよく考えれば、それなりの人口がある町なのだから、犯罪者がひとりも出ないはずがない。そういう施設があるのは当然だろう。

ふたつの部屋は透明なアクリル板で隔てられていた。

ミトは緊張を隠しきれず、波琉の服をぎゅっと掴む。

その手を上から包み込む波琉の温かな手が、わずかながらミトを勇気づけてくれる。

連れてこられた村長は、最後に会った時よりずいぶんと老け込んでしまっていた。

けれど、ミトを見るその目つきは変わらない。

「貴様！　やはり忌み子は村に災いをもたらすのだ！　お前さえいなければっ！」

「こら、暴れるな！」

「大人しくしろ」

両手に手錠をかけられたまま身を乗り出す村長は、両側にいたふたりの男性によってすぐに押さえ込まれた。

それでも目を血走らせながらミトだけに視線を向けている。

その迫力にミトは気圧《けお》されてしまうが、波琉が村長の目から隠すように抱きしめた。

そして、ぶわりと波琉から神気があふれだし、村長を襲った。

次の瞬間、それまでの勢いはなりを潜め、村長は顔色を変えて怯えている。

「やっと静かになったね」

やれやれという様子の波琉は、大人しくなった村長を見てもミトを離さないまま、大事に腕に包み込んだ状態で村長をにらみつける。

「君にはいろいろ聞きたいことがあるんだ。百年前にいたキヨと星奈の一族について」

ぴくりと村長が反応したが、それは『百年前』という言葉になのか、『キヨ』という言葉になのかは分からない。

「キヨという娘を知っているのかな?」

「…………」

村長は答えない。すると再び波琉から神気があふれ、まるで圧力を加えるように村長を攻撃する。

「ぐっ……」

苦しそうに呻《うめ》く村長。それは少しの間で、すぐに圧がなくなるが、村長は呼吸を荒くしていた。

「あまり手間をかけさせないでくれるかな? 僕も暇じゃないんだ。今は手加減したけど、次は容赦しないよ」

微笑みを浮かべる波琉だが、その笑みはいつもミトに向けられる優しいものではなく、ひどく冷淡なものだった。

「ひっ」

波琉を見て息を呑む村長は、それからずいぶんと口が軽くなる。

「もう一度聞くよ？　キヨを知ってる？」

「……む、昔、龍花の町から追放される原因となった女だと聞いてる」

やはり村長は知っていた。ならば、その昔に星奈の一族が神薙であったのも承知のはずだ。

「当時、君はまだ生まれていないよね？　なんて言われてきたの？」

「花印を持つ者は一族に災いをもたらす。決してその存在を認めてはならないと」

「それだけ？　それだけのためにミトを苦しめてきたの？」

「親もその親の代からこんこんと諭されてきたんだ。花印を持つ者は一族の害悪でしかない。本当なら忌み子はすぐに始末するつもりだった。けど……。そうすることで災厄が降りかからないとも限らなかった。だ、だから生かしておいたんだ」

村長は冷や汗を流しながらしゃべり続ける。

ミトは村長から発せられた『始末』という言葉にショックを受けていた。

まさか生まれた時点で殺されかけていたなんて。

それすら村長たちの弱さによって奇跡的に難を逃れたにすぎない。

ひとつ間違えば、ミトは今この場に立っていなかった。

両親に抱かれず、波琉にも出会えずに。

「私が悪いわけではない！　悪いのは花印を持ったそいつだ！　生まれてきたのが悪いんだ！」

ミトを激しく罵倒する。

なんて身勝手なのだろうか。今ですら村長が心配しているのは自分の身のことだけ。

怒りを通り越してあきれてしまう。

「他の村民は知ってたの？」

声は平静を装ってはいるが、波琉の眼差しは強い怒りを宿していた。

「若い者たちは知らん。だが、私や私より上の世代の一部は親たちから教えられていたから……」

「昔、星奈の一族が神薙として暮らしていたことも、キヨの行動により追放されたこともすべて？」

「あ、ああ……。私が若い頃は実際に当時を生きていた者がいたからな」

村長は確か七十歳ぐらいだったろうか。

百年前という時間を考えれば、村長の祖父母だったら実際にキヨの起こした事件を見聞きしていてもおかしくない。

「彼らは言っていたんだ。花印なんてものは災いしか呼ばないと。おかしな力を持って生まれ、また神の怒りを買うから関わるべきではないと。それなのに一族からまた花印を持った者が生まれるなんて……。私がこんなことになったのもすべて花印のせいだっ」

両手で顔を隠しうなだれる村長からは、ミトに行ってきた罪の意識はない。ただただ、自分をかわいそうに思っているだけ。

今の状況も花印へ責任転嫁しているのにも気づかない。

はあ……。というため息が聞こえて横を見ると、波琉がミトを見ていた。

「帰ろう。もう聞くことはなさそうだ。結局、なにかしら重要な理由があったわけではなく、自分たちを哀れんだ者たちが自分たちの身だけを考えて行動しただけだった。もうミトが関わる必要はないよ。こんな胸くその悪い者たちの存在は忘れてしまおう」

「うん……」

二度と村に帰りはしないのだから、もうミトには関係ない。この部屋を出たら村長にも他の村人にも会うことはないはずだ。

波琉に背を押され部屋を出るミト。

閉じていく扉の向こうに肩を落とす村長を見たのが、彼を目にした最後だった。

ミトは屋敷へと帰る途中の車の中で蒼真に問う。

「蒼真さん。村長はこの後どうなるんですか？」

「花印を持った子を隠すのはお前が思ってるより罪が重いんだよ。その上、村ぐるみでミトを虐待していたわけだから、禁固刑は免れないだろうな。あの村長の年齢を考えると、生きている間に出られるかどうか分からんな」

「そうですか」

蒼真は遠慮なく話してくれるので好感が持てる。

これが尚之だったら、ミトを気遣ってすべては話してくれないだろう。

だからといって尚之が嫌いというわけではない。尚之もミトに配慮してくれているのだろうし。

これまでの境遇のせいで特別扱いに慣れないミトには、蒼真の遠慮のなさが気楽というだけだ。

「お前はもう気が済んだのか？　文句を言い足りなかったんじゃないか？」

静かな蒼真の眼差しを受けて、ミトは考えてみた。

けれど、答えはすぐに出る。

「今は幸せだからいいです。波琉がいるので」

ミトが隣を見れば波琉が穏やかに微笑んでおり、ミトは自然と笑みがこぼれた。

そう、もう村での出来事は過去でしかない。波琉がいる今、村長たちのことなど考える暇なんてないのだ。

村長はその後、再び龍花の町から町の外へ移送されたそうだ。どこへかは分からないし、知る必要もないだろう。

これで完全に村長と顔を合わせる機会はなくなった。

ミトには穏やかな日常が始まる。


「おはよう、波琉」

「おはよう」

にっこりと微笑む波琉の顔が朝から眩《まぶ》しい。まるで後光が差しているかのようだ。

周囲を浄化していそうな笑顔の波琉とともに、両親のいる家に向かう。

忙しく朝食を作っている志乃の手伝いをミトがする間、波琉はシロにごはんをあげている。ついでに「お手」などと言って芸を教えているのがなんとも微笑ましい。

「波琉、ごはんできたよ」

「うん。今行くよ」

まるで新婚夫婦のようなやりとりに、先に席に着いていた昌宏がギリギリと歯噛みしている。

相手がたとえ龍神といえども父親的には許せないらしい。

志乃はやれやれとあきれ返っていた。

全員が席に着き、ようやく朝食が始まる。これがミト一家の日課だ。

波琉が納豆を混ぜているのを最初こそ楽しげに見ていたミトも、毎日の光景となっては物珍しさはいっさいない。

すると、突然波琉が手を止めた。

「そうそう、ミト」

「なに？」

波琉に呼ばれてミトも食事の手を止める。

「煌理に属する龍神のひとりに花印が浮かんだらしくて、煌理と一緒に天界から降りてきているんだけど、どうやら特別科の生徒が相手みたいだよ」

「そうなの？　誰？」

「さあ、なんて言ったかな？　特に興味なかったから覚えてないや」

「波琉ったら」

本当に興味がなさそうな波琉にあきれるミト。

食事もそうだ。今でこそ一緒に取るようになったが、ミトが町にやってくるまでは食への興味もなく食べ物を口にしていなかったとか。

龍神は食べなくとも生きていけるとはいえ、食に関わらず、波琉はどこか他への興味が薄い。

ミトは時々それが危うく感じてしまう。

ミトのことになると自分から読心術を習ったりと行動力を見せるのに、興味のあるなしが極端すぎるのだ。

「龍神の名前は知ってるよ。環《たまき》っていうんだ」

「環様か……」

名前だけ教えられてもどんな龍神かは分かりようがない。

けれど、それ以上の情報を教えてくれる様子はなく、波琉は再び納豆へと興味を移した。

「まあ、学校へ行ったら噂になってるかな」

おそらく千歳が情報を持っているだろう。千歳はまだ学生ながら神薙の資格を持っているので、龍神の情報は共有されているはずだ。

食事を終えると屋敷へ戻り、制服に着替えて玄関へ向かう。

波琉も玄関までは見送ってくれる。

「気をつけてね、ミト」

「うん。いってきます。本当はそろそろ波琉とデートしたかったんだけど……」

皐月の事件以降、波琉と出かける機会がなかった。

煌理から星奈の一族の過去も聞けたし、村の問題も片付いたと言ってもいい。

それに、波琉と行ってみたい場所はまだまだたくさんあった。

行動範囲は龍花の町の中に限定されるとはいえ町は広く、たくさんの店や施設が充実しているので飽きることはなさそうだ。

「ごめんね。瑞貴が煌理づてにたくさん仕事を送って寄越したから、先にそれを片付けないといけないんだ。まったく、天界へ帰ったら瑞貴に文句を言わないといけないよね」

などと、波琉はあからさまに嫌そうな顔をして言っている。

ミトを溺愛している波琉が優先させるのだから、早めに対処する必要がある仕事なのだろう。

それが分かるのに、ここで自分を優先しろと我儘を言えるミトではない。

ミトは残念がりながらも心のうちを見せず笑う。

「波琉の仕事が終わったら一緒に出かけてね」

健気な姿を見せるミトを、波琉はたまらず抱きしめた。

「やっぱり仕事は後回しにしようかな。ちょっとサボったぐらいで人類が滅んだりするわけじゃないし」

なにげに怖い発言をする波琉にミトはぎょっとする。

波琉の仕事がどのようなものなのかまだ知らないが、天候を操る波琉に任せられる仕事なのだからかなり重要度が高いはずだ。

ミトは慌てて波琉を止める。

「わ、私は大丈夫だから、波琉はお仕事頑張って！　私も学校の試験勉強で忙しかったりするし、私も頑張るから波琉もね？」

「そうだね。ミトがそう言うなら頑張るよ」

ほっとしたのはミトだけではなく、ふたりのそばで静かに控えていた蒼真もであった。


学校へ着くと、千歳がミトを待ってくれている。

これは千歳が世話係となってからずっとだ。

その分ミトに合わせて早く学校に来なければならないので千歳には申し訳ないが、他の世話係も同じ仕事をしているから気にするなと言われている。

神薙となれば仕える神に合わせて動くのは当たり前なので、これぐらいで文句を口にしていては神薙にはなれないというのが千歳の言い分だ。

なるほどと納得しないでもない。

蒼真や尚之も波琉に合わせ、波琉の願いを叶えるためすぐに動けるようといつも待機しているからだ。

ちゃんと休みを取れているのか心配になるが、波琉は他の龍神に比べると大人しく仕えやすい主人なのだとか。

他の龍神の中には神薙の入れ替わりが激しいところもあるらしい。

それが顕著だったのが、久遠に仕える神薙だったというのだから驚きである。久遠を詳しく知っていたわけではないが、波琉に聞いても温厚な龍神だったようなのでなおさらだ。

けれど、問題は久遠ではなく皐月の人使いの荒さが原因だったと聞いて、ミトは深く納得してしまった。

確かに、学校内での横暴さを考えれば逃げたくもなる。

今のところ千歳は未成年というのもあり、龍神に仕えるとしてもまだ先になるだろうとのことだった。

「千歳君は早く龍神様に仕えたいの？」

「んー、特には。なんか他の神薙の話を聞いてると大変そうだし、ならなくてもいい」

千歳は意外にもそう答えた。

「でも龍神様のお世話がしたくて神薙になったんじゃないの？」

「違う違う。神薙だと他と全然違うんだよね」

「なにが？」

すると、千歳は親指と人差し指で丸を作った。

「給料。龍花の町で就ける職業の中で、ダントツで高収入なわけ」

「えー」

なんて夢のない。いや、ある意味夢はあるのか？　金銭面において。

「まさかそんな理由だなんて……」

「人間そんなものだよ。欲望の塊なんだから。神薙が人気職業トップなのも、高給取りなのが理由の一端なんだろうし」

「神薙のイメージが壊れそう」

神に仕える神聖な職業というイメージだったのに、ずいぶんと俗物的である。

だが、まあ、それでもすでに将来の職業を決めている千歳はすごい。

「私も学校卒業したら働いてみたいなぁ」

「無理でしょ」

ミトの願望を千歳はバッサリと切り捨てた。

「紫紺様の伴侶を雇ってくれるとこなんかないよ」

「分かってるけど、学校行くのと同じぐらいバイトとかしてみたいなって思ってたんだもの」

あの村ではどこへ行っても招かれざる客だったので、ミトが働ける場所などなかった。

それは両親も同じで、決められた仕事以外できず、監視されながらの仕事は両親の精神を削っていた。

けれど、この町で紹介された仕事をするようになってからは、職場であった話を楽しそうに教えてくれるのだ。聞いていたらこちらも働きたくなってくるほどに充実しているのが分かって、ミトも嬉しい。

「この町ならたくさんお店もあって求人募集してるところも数多くあるのにぃ～」

花印のおかげでこの町に来られたのに、その花印がミトの邪魔をする。ままならないものである。

ミトから思わずため息が出る。

「あきらめな」

「あうぅ」

せめて職業体験で一日だけでも働けないものだろうか。

しかし、この町での花印を持った子の特異性を考えると、一日ですら許されない気がする。

教室に向かって歩いている途中、ミトは波琉の言葉を思い出した。

「あっ、そうだ、千歳君」

「なに？」

「天界から環様って龍神様が降りてきたんでしょう？　相手は特別科の生徒だって。どの人か知ってる？　蒼真さんに聞き忘れちゃって」

「あー、金赤様と一緒に来た方だね。ミトもよく知ってる奴だよ。吉田美羽って女」

ミトは驚いて反射的に「えっ！」と声が出た。

「吉田さんて、あの吉田さん？」

「他にどの吉田がいるか知らないけど、たぶんミトが思ってる吉田だよ」

以前まで皐月の取り巻きをしており、特別科の一部の生徒からいじめのような扱いをされている女の子だ。

なにかと仕事を押しつけられており、前に手伝おうとしたらミトの言葉に気分を害したようで怒らせてしまった。

それ以後も嫌がらせは続いているみたいだが、なにぶんミトのいないところで行われているのもあって口を挟めない。

それに、美羽自身が関わってくるのをよしとしていないからどうしようもないのだ。

「彼女、いろいろと嫌がらせされてたみたいだけど、龍神が迎えに来たならもう大丈夫になるかな？」

「だろうね。この話はすでに生徒の間にも伝わってるから、これまであの女を使い走りにしていた奴らは顔色変えてるんじゃない？　特別科の勢力図が変わるかもね」

「そんなあからさまになる？」

「ミトが一番よく分かってるんじゃないの？」

千歳の言う通りだ。

わざと隠していたわけではないが、入学当初はミトが紫紺の王の伴侶とは知られておらず、皐月に楯突《たて》いたのを理由に無視されるようになった。

それが、紫紺の王の伴侶と知るや、手のひらを返し媚びを売り始めたのだ。

あの豹変の仕方はミトもドン引きするほどであった。

おそらく、あれと同じ状況が繰り返されるのだろう。

「じゃあ、今度は吉田さんの派閥ができるのかな？」

今はありすも学校に来なくなったので、龍神に選ばれた人間はミトを除いて美羽だけということになる。

「まあ、ミトはいつも通り過ごせばいいよ。ミトにはあんまり影響ないだろうし」

「まあ、そうだね」

美羽とは仲がいいわけでも特別悪いわけでもない。

同じ特別科だというのに、朝の挨拶すらしないほど希薄な間柄なのだ。

龍神に選ばれいじめられる心配もなくなったとあれば、ミトが関わる理由もない。さらに言えば、これまでミトに媚びてきた生徒たちは、反応が薄いミトから美羽に流れていくのではないだろうか。

そうなればミトにようやく平穏がやってくるかもしれない。

影響がないどころか、むしろいいことなのではないかと思い始めた。

まあ、それは美羽の対応次第になってしまうが、今より悪くなったりはしないはず。

ミトは意気揚々と教室へと向かい、扉の前で千歳と別れた。

教室に入れば、一角に人が集まっている。

普段美羽が座っている席だ。どうやら早速狩人たちに群がられているらしい。

その集団から少し離れた場所では、美羽に仕事を押しつけていた生徒が顔色を悪くしていた。

この龍花の町では、龍神に選ばれるかどうかで大きな差が生まれる。発言力が違うのだ。

今、学校内で美羽に物申せるのは、ミトぐらいのものだろう。

しかし、波琉の威光に頼りたくないミトが率先して物申すのはよほどの問題がない限りない。ミトは様子を見守ることにした。

観察していると、美羽が非常に困惑しているのが伝わってくる。

これまで見向きもしなかった生徒たちが、美羽を褒めたたえている。

「すごいわね、吉田さん。龍神様が迎えに来てくださるなんて羨ましい」

「やっぱり吉田さんの人柄がいいから、運を引き寄せたのよ」

「ねえねえ、吉田さんの龍神様ってどんな方？」

「一度でいいから屋敷に招待してくれよ」

皆言いたい放題だ。あからさますぎて、美羽でなくとも困惑するだろう。

おそらくミトも少し前まで同じ顔をしていた。

本当にここは龍神のために作られた、龍神を中心に回る町なのだと実感する。

しばらくは大変だろうなとどこか他人事のように思っていると、草葉が教室に入ってきてホームルームが始まる。

けれど、美羽に集まる生徒は席に戻る気配もない。

草葉と目が合ったミトは苦笑いを浮かべる。

草葉もやれやれとため息をついて、早々にホームルームを終わらせて出ていった。

草葉も今日ばかりは仕方ないと思っているのだろう。

昼休憩になったので千歳と食堂へ行っても、至るところから聞こえてくる美羽の話題で生徒たちがざわめいていた。

それは特別科の生徒だけでなく、普通科や神薙科もである。

「吉田さんと環様の話で持ちきりだね」

今は金赤の王である煌理もこの町に来ているのに、煌理の名前は全然出ていない。

「そりゃあそうなるよ。ミトはここに来てまだそんなに経ってないから分からないだろうけど、花印を持った龍神が同じ花印を求めて天界から降りてくること自体珍しいから」

「そうなの？」

「うん。そもそも現在、町にいる龍神は両手の指で足りるほどしかいないんだ。その中の全員が花印を持った伴侶を目的にして訪れているわけではなく、ただの観光目的で来ている龍神も含まれてるからね。時間の感覚が人間と違う龍神が学生のうちに現れるのはかなり稀有だよ」

ミトは「へぇ～」と感心しながら美羽に視線を向ける。

美羽はいろんな人に声をかけられ、びくびくと怯えた様子で周囲の目を気にしている。

そんな彼女を守るように、陸斗という美羽の世話係が生徒たちを近づけないように四苦八苦していた。

美羽はよほど陸斗を頼りにしているのだろう。身を隠すように陸斗にくっついている。

それを見ていたミトは心配になって口を開いた。

「あれって大丈夫なのかな？」

「なにが？」

千歳は波琉と一緒で特に興味がないのか、美羽の方を見ようとすらしない。視線はカツ丼に釘付《くぎづ》けだ。

「なんていうか、お世話係にしてはやけにふたりが親密そうな感じ？　龍神様が会いに来たのに、あんな風に仲良さげにしていたら、龍神様は怒ったりしないのかな？　私が同じように千歳君にくっついてるのを目撃したら、波琉は千歳君の脳天に雷落とすかもな、なんて思ったから」

ちょうどごはんを口に含んでいた千歳はブッと吹きそうになるのを間一髪こらえた。そして、口の中のものを飲み込み、ミトをにらむ。

「なに怖いこと言ってるんだよ！　危うく吐き出しそうになっただろ！」

「いや、たとえだよ。本気でそんな真似はしないと思う。たぶんだけど……」

「たぶん!?」

冗談で口にしておきながらミトは自信がなかった。

今朝も人類滅亡がどうとか言っていたぐらいだし。

「まじ怖い。なに、龍神て皆そんななの？」

「さあ？　そこは千歳君の方が知ってるんじゃないの？　私はこの町に来たばかりだもの」

波琉以外の龍神で話したことがあるのも、久遠と煌理ぐらいだ。

それもほんの少し会っただけで、会話らしい会話もそんなにしていない。

「俺も龍神の世話はしたことないから分からないよ」

「そっかぁ。でも蒼真さんによると、波琉は温厚で我儘も滅多に言わないから仕えやすいって」

「脳天に雷落とそうとするのに？」

千歳は疑いの眼差しだ。

「ほんとだよ。波琉が怒ってるところなんかあんまり見ないし……。あ、でも怒ると雷落とすかも」

村に行った時とか、ミトが学校でいじめられていると知った時とか。

「やっぱり怖いじゃん！」

千歳は顔色を悪くする。

「頼むから俺を好きになったりしないでよ」

「失礼な。私は波琉一筋だもん」

それこそ子供の頃からである。

ミトは夢に出てくる波琉という男性にずっと恋していた。初恋の相手なのだ。

「前例があるから忠告してるんだよ」

「どういうこと?」

ミトは首をかしげる。

「花印を持った特別科の生徒と世話係の神薙とが恋仲になって神の求婚を断ったなんて話は過去にもあるからね」

「あ、それ前に波琉が言ってたかも」

「そういう事例があるから、紫紺様も俺に釘を刺したんだろうし……」

「釘を刺した?　いつ?」

ミトの記憶にはないのだが。

そもそも千歳が波琉に会ったのは、皐月が事件を起こした後の一度だけ。その時もひと言ふた言話していただけだったので、ミトは不思議がる。

「気づいてないならそれでいいよ」

千歳はそっと視線を逸らした。

そんなことがあった数日後、新たにやってきた環という龍神の話もひと騒ぎして落ち着きを取り戻しつつあった頃、またもや美羽の話題で騒がしくなった。

なんと美羽は環との関係を拒み、神薙科の自分の世話係でもある陸斗を選んで、付き合いだしたというのだ。

これに驚いた人間は多く、またもや美羽は生徒たちに取り囲まれていた。

しかし、あらかじめ千歳から前例を聞いていたミトは、本当にそういうことがあるのかと感心しただけだ。

美羽は特別科の生徒から質問攻めに遭っていた。

「龍神様じゃなくて世話係を選んだって本当なの⁉」

「うん」

美羽は迷わず肯定した。

「なんでぇ、もったいない。せっかく龍神様が迎えに来てくれたのに！」

「私は陸斗がいいから……」

弱々しい雰囲気を出しながらも、その言葉ははっきりとしていた。

「絶対後悔するよ～。龍神様の伴侶になったら天界へ行って永遠の命も手に入れられるんだよ？　龍神様に選ばれたがってる子はたくさんいるのに、自分からチャンスを手放すなんて馬鹿じゃないの？」

龍神に選ばれる機会を自分から捨てる美羽への嫉妬かあきれからか、信じられない様子で罵倒する女子生徒に対し、美羽は机を叩いて声を荒げる。

「馬鹿なんかじゃない！　私だって好きで花印を持って生まれたわけじゃないもの！　私には陸斗がいてくれればいい！　いつもいじめられて誰も助けてくれなくて、陸斗だけが私の味方でいてくれたんだから！」

普段大人しい美羽の剣幕に生徒たちは唖然《あぜん》としていたが、すぐに不満いっぱいの顔へと変わっていく。

「なにそれ。好きで花印を持って生まれたわけじゃないってさ、散々この町の恩恵にあずかってる人間の言葉じゃないよね」

「ほんとほんと」

「そういう言葉はすべての権利を手放してから言ってほしいわ」

興醒めだというように、その目にあからさまな蔑みを浮かべて美羽の周りから人が散っていく。

どうやら美羽は多くの生徒を敵に回してしまったよう。

美羽もそれに気がついたみたいだが、その時にはもう彼女の周りには誰もいなくなっていた。

そんな様子を関わり合いにならない場所から見ていたミトは、人間関係の難しさに頭が痛くなりそうだった。

昼休みに入ると、千歳が迎えに来る。

ふたりで食堂へと向かいながら、千歳に今朝の出来事を話して聞かせる。

あまり興味はなさそうだが、かまわず話す。

「波琉からも千歳君からも、龍神ではなく神薙やお世話係の人を選ぶ例があるって聞いたけど、まさか実際に起こるなんて思わなかった」

「びっくりしてるのはたぶん神薙たちも同じだよ。ミトにああは言ったけど、実際に龍神から求められて応じない人間はほんとに少ないんだ。なにせ赤子の頃からこの町で暮らして、いかに龍神に選ばれることが名誉か聞かされ続けるんだからね」

確かにその環境で育っていれば、龍神を拒否しようと思う者は少ないのかもしれない。神薙たちが驚くのも無理はないだろう。

「学校なんかでも花印を持っている奴はあからさまに特別待遇を受けるからさ。特別な扱いに慣れた奴はそれが壊れるのを怖がる。今与えられているものが龍神の威光によるものだとよく理解してたら断りづらいよねー」

と、なんとも他人事で千歳はつけ加える。

「じゃあ、龍神が迎えに来た人はほとんど天界に行ってるんだね」

「いや、そうとも限らない。龍神の方から愛想を尽かされて破談になる事例が結構ある。ていうか、破談になる理由のほとんどがそれ。我儘女その一みたいに」

皐月と別れ、ひとり天界へと帰った久遠を思い起こす。

「そうなの？」

「それだけ悠久の時を生きる龍神と、ただの人間とでは価値観やらが大きく違うってことなんだろうね」

ミトは他人事のように「へぇ」と感心している。

「ミトも紫紺様に愛想尽かされないように気をつけた方がいいよ」

「うぅ……」

そんなの絶対ない！と反論できるほどの自信はミトにはなかった。

自分は波琉一筋だと声を大にして言えるが、この先波琉にずっと好いていてもらえるかまでは断言できないのが悲しい。

そんな話をしていると、突然千歳を呼ぶ声が聞こえてきた。

「千歳く～ん」

甘ったるい女の子の猫なで声。

目を向けてみれば、バッチリメイクのまつ毛が重そうな子が寄ってきた。

途端に嫌そうな顔をする千歳。

「知り合い？」

ミトが問うと千歳が舌打ちをしたので、びっくりした。

どうやらあまり関わりたくない相手らしい。

ミトも、真由子や皐月のようにメイクが派手な人にあまりいい思い出がないので、ちょっと引き気味だ。

女の子は千歳にしなだれかかろうとして避けられている。

「ねえ、一緒にごはん食べようよ」

「見て分からないの？　俺は世話係で忙しいからどっか行ってくれる？」

その時になって初めて女の子はミトを目に映した。そして、にっこりと微笑む。

「あなた特別科の子でしょ。優秀な千歳君をお世話係に選ぶ審美眼は褒めてあげるけど、千歳君はあなたのものじゃないんだから、あんまり千歳君を独占しないでくれる？」

口は笑っているのに、なんとも分かりやすい敵意を向けられている。

「ほらぁ、千歳君。いっつもその子といるんだから、たまには私と一緒に食べよ。ね？」

千歳の腕を掴み、小首をかしげて上目遣いをする女の子にミトは軽い衝撃を受ける。

あざとかわいい……。

これは千歳もノックアウトされてしまうのではないだろうかと思ったが、千歳はめちゃくちゃ嫌そうに顔を歪めていた。

もう少し取り繕ってもいいかもしれないと思うほどひどい表情である。

千歳は自分の腕にくっつく女の子の手を振り払うと、何事もなかったようにミトを席に誘導した。

「ミトはなににするの？」

「えっと、日替わり定食で」

「了解」

千歳は女の子の存在などまるっと無視をして食事を取りに行ってしまった。

できればふたりで残してほしくなかったが、千歳は逃げるようにさっさと行ってしまったので文句も言いようがない。

予想通りというか、女の子はミトを憎々しげににらみつけてくる。

いったいこの状況をどうしろというのか。

「勘違いしないでよ！　千歳君があなたの世話係になったのは紫紺の王に選ばれたってだけなんだから！」

「あ、はい……」

彼女はきっと千歳に気があるのだなと、聞かなくても分かった。

「花印を持ってるからってあなたたちは偉そうなのよ。なにが花印よ。そんなのただのアザじゃない」

先ほどまでの猫なで声はどこへやら。なんとも強く厳しい声色でミトを攻撃する。

「そんなのがあるだけで特別待遇されるなんて、間違ってるわ。私と比べたらすべてにおいて劣ってるくせに、花印があるってだけでチヤホヤされて、ほんといいご身分だわね！」

「えーっと……」

彼女はミトを攻めているようでいて、別の誰かに向かって言っているように感じた。

彼女は苛立たしげに親指の爪を噛みながら続ける。

「私はもっと価値のある人間なのよ。それなのに花印を持っていないだけで上に行くことを邪魔される。ふざけんじゃないわよ！」

ミトに怒りをぶつけられても困る。心の中で『千歳君、早く帰ってきて〜』と叫びながら待っているしかない。

「千歳君に目をつけてアタックしてたのは私が先なんだから！　それなのに私が風邪で休んでる間にあなたの世話係になってるなんて詐欺よ詐欺！　学校一番の優良物件をどうしてくれるのよ！」

「あ、えと、ごめんなさい？」

なんとなく勢いで謝ってしまったが、自分が悪いのか？とミトに疑問が浮かぶ。

そんなやりとりをしていると、やっと千歳が戻ってきた。

「まだいたの？」

「千歳君」

「千歳くぅ～ん」

がらりと変わった甘ったるい声に、ミトはびっくりした。よくぞそこまで声を変質させられるものだ。

「お前、邪魔。とっととどっか行けよ」

なんとも冷たい眼差しの千歳に、さすがにこれ以上は怒らせるだけだと感じたのか、彼女は去っていった。最後にミトをひとにらみするのを忘れずに。

まるで嵐が過ぎ去ったかのよう。

「千歳君。さっきの人は？」

なんだか今後も現れそうな勢いだったので、誰なのか聞いておきたかった。

「普通科の高校一年。吉田美羽の妹の吉田愛梨《あいり》だ」

「へぇ～」

なんて似てない姉妹だろう。

美羽の方はほとんどメイクをしておらず地味なのとは反対に、愛梨はメイクをしっかりしていたせいもあるのかもしれない。

まあ、メイクをしていないのはミトも同じだから、人になにかを言える立場にないが。

そんな姉妹は、性格も見るからに真逆である。

面倒事を押しつけられても文句が言えない大人しい美羽と、気が強そうな肉食系女子を思わせる愛梨。

「綺麗な子だったね」

メイクの派手さはあるものの、整った顔立ちをしていたのは間違いない。

「ミトは目が悪いの？」

怪訝《けげん》そうに顔を歪める千歳。その反応は少々愛梨に失礼ではないだろうか。

「えー。美人さんだったじゃない」

確かに波琉や煌理のような龍神と比べると見劣りするが、人間の中では美人の部類に入るはず。

彼女を美人と思わないなら千歳の美的感覚を心配してしまう。

「まあ、周りの男とかは美人だって騒いでたかも」

「でしょう？」

「けど、俺はああいうのは無理。生理的に受け付けない。無駄にプライド高くて、自分の立ち位置を間違えてる。姉が花印を持ってるからこの町で暮らせているのを全然理解していない勘違い女」

「どういうこと？」

ミトにはよく理解できなかった。

「花印を持ってる奴の家族って他の町の人より優遇されてるのは知ってる？」

「えっと、家族のカードとか？」

「まあ、それもある」

町に来てから蒼真に渡された身分証の役割もあるカードは、町で暮らす人全員に配られている。

花印を持つミトのカードはどの店でも無料で利用できるという、まさに特別待遇を形にしたもので、家族のカードでは半額になるのだとか。

つまり、花印を持つ者の身内というだけで優遇されるのである。

「お店以外でも、病院にかかる時に優先的に診てくれたり、施設を利用する時に待ち時間を短縮したり、他にもいろんなサービスが使えるんだよ」

「そうなんだ」

「そうなんだって、知らないの？」

初めて聞くような反応を見せるミトに、千歳は胡乱《うろん》げな視線を向ける。

「確か蒼真さんに説明された気がするんだけど、一度にたくさんのこと聞いたから全部は覚えきれてないの」

あはは……と笑ってごまかすミトに、千歳は深いため息をつく。

「まあ、今はいいや。とにかくあの勘違い女はさ、花印を持つ姉のおかげで特別な待遇を受けてるんだ。早い話がおこぼれにあずかってるだけなのに、それが許せないんだと」

どうやら愛梨は千歳の中で『勘違い女』で定着してしまったらしい。

「無駄にプライドが高いからこそ、地味な姉の方が特別に扱われるのが嫌なわけ。花印がないだけで自分は下に見られる。自分は貧相な姉よりもっと価値がある人間だと思いたいんだよ」

「ふんふん」

そういう考え方をする人も中にはいるのだろう。

ミトの両親はそういう考え方をするタイプではないが、姉妹であからさまな格差があったら不満を持つ者がいてもおかしくないか。

姉妹だからこそ生まれる不満。

そう考えると、ミトに姉妹がいないのは幸いだったのかもしれない。

「きっと姉が龍神を選ばなかったのも信じられないんじゃない？　勘違い女なら迷わず龍神を選んでただろうね。龍神に選ばれるのとそうでないのとでは、龍花の町すべてでさらに扱いが変わってくるからさ」

千歳は断言する。

しかし、ミトは異を唱える。

「でも、彼女、千歳君が好きなんじゃないの？　あんなあからさまに私をにらんできたし。千歳君の気を引こうと必死だったし……」

「ああ、違う違う。あれは俺が神薙だから目をつけられたってだけだよ」

「そうなの？」

「言ったでしょ。神薙になると給料が他より多いって。それだけでなく、この町では一目置かれる憧れの職業でもあるからね。そんな神薙を彼氏にできたら、そりゃあもう鼻高々。周りにも自慢してマウント取れるよねー」

千歳自身のことなのにまるで他人事なので、自慢しているようには感じない。むしろ若干嫌そうな顔をしている。

「もしかしてだけど、これまでにも似たようなアプローチあった？」

「うん。めちゃくちゃ告られた。全員、神薙だからって理由。俺が好きなわけじゃないんだよ」

「あー……」

それは嫌そうな顔にもなるというもの。モテない子から見たら、なんとも羨ましい愚痴だと怒られるかもしれないが。

「でも、勘違い女はこれまで俺に接触してこなかったんだよね。すぐに誰かの世話係になると思ってたみたい。世話係になったら相手の世話で恋人どころじゃなくなるから、彼女としては二番目みたいな扱いをされるのは嫌なんだろうね。だけど、我儘女その一、その二の申し出も断ったから、世話係になる気がないと判断したんだろう。それなら自分もチャンスがあるんじゃないかと、今アタックされてるって感じ」

千歳の表情には、めちゃくちゃ迷惑というのが言葉に出さずとも分かりやすく浮かんでいた。

「最近現れないなと思ってたんだけど……」

「風邪で休んでたらしいよ」

先ほど彼女自身が言っていたのをミトは思い出す。

「はぁ……」

千歳は深いため息をついた。

おそらく、これからの学校生活を想像したのだろう。

きっと今後もあきらめずに千歳に接触してくるはずだ。

ミトもそう予想して、困ったように眉尻を下げる。

千歳に関わってくるということは、ほぼ一緒にいるミトも間違いなく巻き込まれるに違いない。千歳だけの問題ではなくなってしまった。

「早くあきらめてくれるといいね」

こくりと静かに頷いた千歳には哀愁が漂っている。

自分がとばっちりを受けて波琉を怒らせるような事態にはなりませんようにと、ミトは心の中で願った。

四章

「宴?」

ある日唐突に波琉がそんなことを口にした。

「宴ってなに?」

「どうやら今龍花の町にいる他の龍神が、僕と煌理がいるなら宴を開きたいと言いだしたみたい」

「へぇ」

龍神の集まる宴か。まるでおとぎ話のようだ。

しかし、波琉をよくよく見てみると、あんまり嬉しそうではない。

「波琉は嫌なの?」

「嫌っていうか、面倒くさい」

それを『嫌がる』と言うのではないだろうか。

「まあ、他の龍神が宴を開きたがるのも仕方ないんだよね。龍神の王同士が顔を合わせるのは滅多にないし」

「どれぐらい会わないの?」

「百年に一度会えばいいとこかな?」

それは滅多にないどころではない。ミトは声を出すことなく驚く。

「しかも、この龍花の町で王がふたりも降りてきてるなんて初めてじゃないかな?

ねぇ、蒼真？」

波琉は控えていた蒼真に問いかける。

「ええ。過去の文献を調べてみましたが、初らしいです」

蒼真の顔には波琉と同じく『面倒くさい』と言わんばかりの表情が浮かんでいる。

「おかげで龍神様方以上に神薙のジジババどもがはっちゃけて、最高のおもてなしをするぞと気合い入れて動いてますよ。あれはきっと後々体に響きますね」

蒼真は「くそめんどくせぇ」と舌打ちした。

「誰が後始末すると思ってやがんだか」

どうやら龍神以上に神薙にとっても大変な宴のようだ。

「不参加でもいいかな？」

「そうしてくれるなら非常に助かりますけどね。龍神の我儘は紫紺様のような格上の龍神にしか止められませんから」

「じゃあ、僕は不参加って他の龍神に伝えてもらおうかなぁ」

波琉と蒼真がそんな会話をしているそばで、ミトは波琉の袖をつんつんと引っ張った。

「どうしたの、ミト？」

「波琉、宴に参加しないの？」

どこか残念そうな顔をするミトに波琉は気づいたようだ。

「ミトは参加したいの？」

ミトは波琉の顔色をうかがいながら、こくりと頷いた。

「だって、龍神様が集まる宴ってどんなものか興味あるし……」

ミトがこれまで会ったことがある龍神は、波琉と煌理と久遠。それから顔を見ただけで言えば、ありすの龍神もだ。

どの龍神も神々しく、とても綺麗な容姿をしていた。

そんな龍神が一堂に会する現場を見てみたいと思うのはミーハーだろうか。

だが、ミトでなくとも興味を持つ者はたくさんいるだろう。現に神薙たちは大興奮しているようだし。

「ミトがそんなに出たいなら出席しようかな」

一転して意見を変えた波琉に、ミトはキラキラと目を輝かせ、蒼真は嫌そうに顔をしかめた。

「まじで言ってます？」

「ミトが望んでるんだよ。理由はそれだけで十分じゃない？」

「はあ……」

蒼真はげんなりとしたように深いため息をついた。

蒼真には申し訳ないが、きっと龍神の集まる宴なんてそうそうあるはずがないのはミトでも想像できる。

波琉がこの龍花の町に降りてきて十六年。

ほぼ外出していないと聞いていたので、他の龍神も似たようなものだと思っている。

そんな龍神が集まるなんて、どんな宴になるのだろうか。

考えるだけでわくわくしてきた。

「仕方ない。まあ、すでにジジババはやる気満々でしたからね。やらなかったらやらなかったでうるさそうですし」

「頼んだよ、蒼真」

「はいはい。……と、そうだ。宴に参加するならそれなりの格好が必要だな」

蒼真がミトに視線を向けると、波琉もまたミトを見る。

ミトはこてんと首をかしげた。

波琉は蒼真の言わんとすることが理解できたらしく、納得したように頷いている。

「確かにそうだね。蒼真、屋敷に業者を呼んでくれるかな？」

「かしこまりました」

ミトひとりがついていけていない。

「なに？　波琉も蒼真さんもどういうこと？」

「宴に参加するためのミトの衣装を用意するんだよ」

「え、いいよ。もうたくさん持ってるし」

ミトがこの屋敷で暮らし始めたと同時に、ミトが生活するに困らないものが十分すぎるほど用意されていた。その中には服や装飾品も含まれている。

だからわざわざ業者を屋敷に呼んでまで買う必要性を感じない。

だが、波琉と蒼真の考えはそうではないようだ。

「ミトには一番綺麗にしてもらいたいからね」

「いや、でも……」

すると、遠慮するミトを蒼真が窘《たしな》める。

「でもじゃねぇよ。お前は紫紺様が選ばれた伴侶だ。他の龍神方が集まる宴で、紫紺様の相手が貧相な格好をしていたら示しがつかないだろうが。お前は誰よりド派手に着飾る必要がある。お前の評価は紫紺様の評価につながるんだぞ！」

びしっと指を突きつける蒼真に、ミトは衝撃を受けた。

「私が波琉の？」

「そうだ。だから、めいっぱい着飾れ。紫紺様の伴侶なのだから、貧相な格好で舐められないように、これでもかというほどな」

波琉にも迷惑をかけると聞いたら、もはや嫌とは言えない。

むしろやる気に満ちあふれてきた。

「わ、分かりました！　気合い入れて頑張ります」

それから一時間もしないうちに業者がたくさんの着物を持って訪れた。

広い部屋の中に一点一点並べられた色鮮やかな着物の数々に、ミトは開いた口が塞がらない。

「すごい……」

「これだけしか持ってきてないの？」

圧巻な光景なのに、波琉が着物の品ぞろえに不満そうにするため、業者の人たちは冷や汗を流し顔色を悪くする。

この龍花の町に暮らす者にとったら、龍神の機嫌を損なうような事態はさぞ肝が冷えるだろう。

ここは自分の出番だと、ミトは波琉に微笑む。

「波琉、これだけあれば十分だよ。どうせ宴に着ていけるのは一着だけなんだし」

「確かにそうだね」

納得した波琉に、業者の人たちはそろってほっとしている。

「ほら、ミト。好きなのを選んでいいよ。どれにする？」

波琉にそう言われても自分ではどれがいいのか判断できないミトは困惑顔。

その様子を悪い方に取った波琉はミトの顔を覗《のぞ》き込む。

「やっぱり数が少ない？」

ミトは慌てて首を横に振った。またもや業者の人たちが顔を強張らせているではないか。

「その逆！　こんなにたくさんあって、どれが一番いいのか選べないの」

着物に触れてみると、それだけで質のいい生地が使われているのが分かる。

いったいこれはどれだけ高額なのだろうか。考えただけでも気が遠くなりそう。

そもそも、業者を家に呼ぶとはどういうことだ。普通は店に買いに行くのではないだろうか。

わざわざ店の方から商品を持ってくるなんて、なんという贅沢《ぜいたく》極まりない待遇。

この町における龍神の力の強さがうかがい知れる。

ミトはゆっくりと時間をかけながら姿見の前で着物を体に当ててみたりするが、どれもこれも素敵すぎて決めかねる。

「波琉はどれがいい？」

「どれもかわいいよ」

眩しいほどの美しい微笑みに、業者の女性が目を奪われている。

気持ちは十分に分かったので、ミトは苦笑した。

「それじゃあ決められないよ」

「そうだね。じゃあ、これ」

波琉が選んだのはふたりの手にある花印と同じ、椿の花が鮮やかに描かれた赤い着物。

「僕とミトをつなぐ、特別な花だからね。他の龍神へのお披露目にはふさわしいと思わない？」

ぱあっと、ミトの顔が明るくなった。

「うん。波琉が選んだのがいい！」

自分と波琉をつなぐ特別な花と言われたら即決だった。

着物に合わせた髪飾りも選び、思ったよりあっさりと準備は整った。

せっかくたくさんの着物を持ってきてもらったのに、それ以外は持ち帰ってもらうしかない。

たった一着のために来てもらい申し訳なく感じていたが、業者の人たちはなにやらほくほく顔をしていた。

「本日は我々をご利用いただきありがとうございます！　紫紺様のご伴侶の着物をご用意させていただく栄誉に、胸がいっぱいです」

それはもう嬉しそうに頭を下げる業者の人たちに、改めて龍神の重要さを感じるミトだった。

それから数日後、宴に出席する日となり、ミトは母からもらった顔パックをしていた。

その様子を波琉は興味深そうに見ている。

「ミト、その白いのはなんの意味があるの？」

「お肌がプルプルになるんだって。お母さんが、他の龍神の方とお会いする大事な日なんだからお手入れをちゃんとしときなさいってくれたの」

今まで家計ギリギリの生活をしてきたミト一家にとっては、顔パックなど贅沢品である。

しかし、村での薄給から、この町に越してきて仕事に見合った正規の給料をもらうようになり、家計にもゆとりができた。

花印の家族が持つカードの優遇の力もあるだろう。

ミトは顔に貼っていたパックを取ると、頬をさわる。

「おお～」

志乃の言う通りいつもよりモチモチプルプルしている気がする。

ミトが感動しながらさわっていると、横から波琉が手を伸ばしてきた。

その手を振り払うことなく受け入れる。

ふにふにと触れる波琉は、首をかしげた。

「うーん？」

「プルプルしてない？」

「まあ、してる気もするけど、そんな薄い紙ごときでミトの魅力は変わらないよ」

これは喜んでいいのだろうか。

波琉のことなので悪意があるわけではないのは確かだが、せっかくお手入れをしたのだから褒めてほしい気持ちもある。女心とは複雑なのだ。

肌のお手入れを終わらせると、蒼真があらかじめ呼んだお手伝いの人たちに待っていましたとばかりに連れられて部屋を移動し、着物の着付けと髪を結い上げられる。

無駄のない、流れるような動きでテキパキとミトの支度がされていく。

最後にメイクまでしてもらい、完成した姿を鏡で見て、衣装とメイクでここまで変わるのかとミトは感動した。

急いで波琉の部屋へ向かうと、波琉も準備を終えていた。

しかし、波琉は普段とあまり変わらない和服のような服装だ。着物とも袴《はかま》とも少し違う神様の服は、龍神の神々しさを増幅させている。

着飾らなくても美しい人は、普段通りで十分輝いている。

そんな波琉の隣に立つのかと思うと少し気後れしてきたが、波琉はミトを見て相好を崩す。

「綺麗だよ、ミト」

「ありがとう」

どう見ても波琉の方が綺麗だが、大好きな人に褒められて嬉しくないはずがない。ミトははにかんだ。

波琉はミトをぎゅっと抱きしめ、「あー、こんなかわいいミトを他の男に見せたくないなぁ。やっぱり行くのやめようか」などと言いだした。

これに困るのは、宴を楽しみにしていたミトである。

「駄目だよ。皆困っちゃうし」

龍神が集まる宴。その準備をするのはもちろん龍神ではなく、龍神に仕える神薙であった。

龍花の町にいてもほぼ単独で好きなように過ごしている龍神たちが集まって宴をするなど滅多にない。

というか、年寄りの尚之でも初めてらしく、それはもう神薙の間では大騒ぎになったそうだ。

龍神の王ふたりもそろう宴を貧相なものにするわけにはいかないと、神薙たちは頭を悩ませ、最大限の気遣いをしながら準備をしたと聞く。

蒼真はもちろん、普段龍神には仕えていない千歳までもが駆り出されたらしく、疲れた様子で学校に来ていた。

龍花の町において龍神はもてなされる側なので、軽い気持ちで無理難題を口にするから厄介だと、千歳がげんなりとしながら愚痴っていた。

そんな千歳の姿を見ていると、蒼真が嫌そうにしていた意味が分かるというもの。

苦労しながら神薙たちが必死の思いで作り上げた宴に、直前になって行かないのはあまりにかわいそうすぎる。

「神薙の人たちが頑張って準備したんだから」

「そうですよ、紫紺様。今さら行かないなんてなったら、神薙のジジババたちがショックのあまり泣きだします」

宴の準備に追われていたためか、やや疲れが見える蒼真がツッコむ。

「それはそれで面倒くさいんでちゃんと出席してください」

波琉はため息をついた。

「行くなんて言わなきゃよかったかな」

とはいえ、後悔しつつもミトが行くとなればついてきてくれるのが波琉である。

ミトにはこれでもかというほど甘いのだ。

蒼真がパンパンと手を叩く。

「ほらほら、時間になりましたから行きますよ、紫紺様」

「だって。行こう、波琉」

ミトが手を引けば、波琉は仕方なさそうにしながらも歩きだす。

車に乗り込み、会場へ向かう。

本当はミトの両親も一緒に連れていきたかったのだが、龍神が集まる場所へなど、粗相をして気分を害さないか緊張するので行きたくないと拒否された。

まあ、確かにその気持ちは分かるので、両親は留守番となった。

しかし興味はあるのか、帰ってきたらどんな様子だったか教えてくれと言われ、それならついてきた方が早いのにとミトはあきれる。

「ねえ、波琉。今、龍花の町にいる龍神様って何人いるの？」

「さあ？」

波琉に聞いたのが間違いだったとすぐに反省する。代わりに問うように蒼真へ視線を向ければ、すぐ答えてくれる。

「現在町に降りてこられている龍神は、紫紺様、先日来られた金赤様と環様を含めて七人だ」

「少ないんですね」

波琉、煌理、美羽の相手である環、そしてありすの相手である龍神以外には三人しかいない。

　ミトは指を折り曲げて数える。

「だったら、煌理様と吉田さんに断られた環様を除くと、龍神に選ばれ龍花の町で暮らす伴侶は私を含めて五人ということですか？」

「いや、花印関係なく町に遊びに来ているだけの方もいる。お前、桐生《きりゅう》ありす、環様を拒否った吉田美羽の他はひとり。今は六十代男性の伴侶の方だ。それ以外のふたりの龍神は休暇で町に来ている」

「それ、かなり偏ってません？」

　六十代の男性以外は全員学生ではないか。

「ああ。まったくだ。だから学校の教師どもは毎日胃が痛そうだな」

　くくくっと笑う蒼真はなんとも悪い顔をしている。

　そんな顔で町を歩いていたら、きっと職質されるに違いない。

「普段の神薙の苦労が理解できるだろうさ」

　そのストレスのせいで校長の頭が寂しくなってきたのではなかろうか。

　ハリセンで叩くのを強要されるミトとしては迷惑この上ない。

「なにか理由があったりするの？」

その質問は蒼真では答えられないに違いないと、波琉に向けてする。

しかし、波琉は「うーん、どうだろう？」と首をかしげるだけ。

すると、それも蒼真が答えてくれた。

「理由はどうか知らないが、花印の伴侶が偏る世代があるのは過去にもたまにあったみたいだ。なぜかは聞くなよ。紫紺様でも答えられないのに俺が教えられるわけねえからな」

「波琉、ほんとに知らないの？」

「天帝の気まぐれじゃないかな。たぶん」

特に興味がないのか、かなり適当に答える波琉に、ミトは苦笑する。

「蒼真さん。私の他にも龍神様と参加する伴侶の方はいるんですか？」

「金赤様の伴侶の千代子様ぐらいだな。男性の伴侶の方は最近体調が芳しくないから無理だ。おそらく近いうちに天界に昇られるだろうな」

「天界……」

天界へ昇る。それはつまり人間としての寿命を迎えるということを意味する。

自分もいつか……。

しかし、あまりピンと来ないのは、ミトが自分の〝死〟をイメージできないからだ。

歳を取ればそのうち変わってくるのかもしれないが、十六歳である若いミトにはまだ難しい。

　それに、天界へ昇るためには花の契りを交わさなくてはならない。

　ミトはまだ波琉に返事をできずにいた。

　その六十代の男性はもう花の契りを結んだのだろうか。

　それぐらいの年齢になれば自分も答えを出せるのか、ミトはまだ迷っていた。

「桐生さんは？」

　ずっと学校に来ていないありすはどうなのか。あれからなぜ学校に来なくなったのか理由は知らない。

　皐月に襲われたのがよほどショックだったのだろうか。

「あー、そいつは明確な返答がなかったから放っておいたんだが、一応来るんじゃないか？　紫紺様と金赤様のための宴だから、他の龍神方は全員参加するようだし、体調が悪いでもない限りは参加するだろ。こっちも来る前提で準備してるし」

「そうですか」

　とはいえ、ありすが参加すると知ったところでなにが変わるわけでもない。

　学校を休んでいる理由は少し気になるが、特にありすにかける言葉はなく、それは彼女も同じだろう。

　それよりは千代子と話をしたい。

天界でのこととか、聞きたい話題は尽きそうにない。

車に乗ってさほど遠くない場所に宴の会場は用意されていた。

波琉の屋敷のような和風の豪邸。車はそのまま玄関の前に横付けされ、車を降りる。

先に車を降りた波琉がさりげなく手を貸してくれる。

着物は華やかで美しいのだが、少々動きづらいのが難点だ。

「ありがとう、波琉」

波琉は優しく微笑んでくれる。

とても貴い神なのに、偉ぶることもない穏やかな神様。

ミトには波琉が龍神の基準となっているが、龍神の性質はさまざまなようだ。他の龍神はどんな者たちなのだろうか、とても気になる。

「行こうか」

「うん」

先頭を歩く蒼真の案内で屋敷の中へ入っていく。

波琉の屋敷と比べてもとても広いのが分かる。

「蒼真さん。ここは普段なにをする場所なんですか？」

「こちらは、龍神様が酒宴などでお集まりになる時に使うために作られた屋敷でございます」

「……なんで敬語なんですか？」

いつもの蒼真はミトに敬語なんて絶対使わないのに。

ミトは胡乱げに蒼真を見る。

「他の龍神方がいるのに、紫紺様の伴侶相手にいつも通りでいられるわけないだろ」

蒼真は声を潜めてこそっと話す。

なるほどと納得するが、やはり違和感がある。

「なんか気持ち悪いです」

「今は我慢しとけ」

やはり口の悪い蒼真の方がミトはなにやら安心する。

だが蒼真の言う通り、他の龍神がいる中で龍神の頂点にいる波琉とその伴侶であるミトに気安くしていたら蒼真が責められそうだ。

変な感じはするが、宴の間ばかりは我慢するしかない。きっとミトより蒼真の方が違和感があるのだろうし。

気を取り直して蒼真の後について歩くと、広間に到着した。

畳が敷かれた広い座敷には卓がいくつもあり、上座には四つの膳が横一列に並んでいる。

上座のうちふたつの席にはすでに煌理と千代子が隣同士で座っている。

金赤の王である煌理がその場にいるなら、煌理の隣にあるふたつの席は波琉とミトのものだと察せられた。

どうやら他の龍神はそろっているらしく席は埋まっており、最後がミトと波琉だったようだ。

「やっと来たか、波琉。遅いぞ」

手に透明な液体の入った杯《さかずき》を持った煌理が手を挙げる。千代子が酒瓶を持っているので、きっと中身はお酒だろう。

「もう飲んでるの？」

波琉はややあきれた様子。

席に着くべく上座に向かって歩く波琉が龍神たちの前を歩いていく。

それに従い頭を下げる龍神たちの姿に、やはり波琉は王なのだと感じさせられた。

人間が貴ぶ龍神すら頭を下げる存在。それが波琉。普通ならミトと出会うはずもない雲の上の存在なのだ。

なんだか不思議な気持ちになりながら、ミトは波琉の隣に座った。

上座に並べられた四つの席の真ん中ふたつに波琉と煌理が座り、両端にミトと千代子が座る。そして、下座に他の神々が座っている。

その中にはありすの姿もあった。

以前に学校へ乗り込んできた龍神の隣に静かに座っている。特にどこか体調が悪そうには見えないので、やはり皐月の事件が理由で学校に来ていないのだろうか。

ありすも一瞬ミトを見たが、特になにか反応を示したわけではなかったので、ミトもわざわざ話しかけたりはしない。

失礼にならない程度にそれぞれの龍神たちを観察していると、波琉の杯に煌理が酒を注いだ。

「ほら、波琉。お前の伴侶にも注いでやれ」

酒を波琉に押しつける煌理に、ミトは慌てる。

「わ、私は未成年なのでお酒は……っ」

「なんだ、それは残念だ」

ミトには代わりに蒼真がオレンジジュースを持ってきてくれ、ほっとする。

「では、乾杯だ。波琉に無事伴侶ができたことを祝って」

煌理が杯を掲げると、同じように龍神たちがいっせいに杯を持ち上げた。

「乾杯！」

というかけ声と同時に、龍神たちの宴が始まった。

それを見計らったように、美味しそうな料理が運ばれてくる。

龍神たちはどちらかというとお酒を楽しんでおり、どんどん酒瓶が空になっていく。

そのペースたるや、神薙たちが顔色を変えるほどだ。

「やべ。じじい、酒足りるか？」

「早急に補充を頼んでくる。まさかこんなに飲まれるとは想定外だ」

控えていた蒼真と尚之のひそひそ声には緊迫感があり、尚之が慌てて座敷を出ていった。

部屋の中にはお酒の匂いが充満し始め、匂いだけで酔いそうだ。

誰よりも多く飲んでいる煌理は、なんとも楽しそうに千代子にお酌をしてもらっている。

どの龍神の様子をうかがっても素面《しらふ》のようにまだまだ飲み足りない様子。

ミトは隣に座る波琉に視線を向ける。

煌理のように豪快に飲むわけではなく、静かにお酒を味わうかのような飲み方をしているが、波琉もかなり飲んでいるのをミトは見ていた。

「波琉は酔わないの？」

「うん。別にこれぐらいの量では酔わないかな。強いお酒ではないし、水と変わらないよ」

「水……」

それを聞いた蒼真が言葉を失っているではないか。

「波琉ってお酒好きなの？　家じゃ飲んでるのを見たことないのに」

ミト一家と食事は取るが、お酒を飲んでいるのを見るのは初めてだ。

「まあ、昌宏も志乃も飲まないしね」

「そっか。合わせてくれてたんだね」

ミトの両親はお酒を飲まない。飲めないわけではないが、別に飲まなくても困らないという感じだろうか。

もしかしたら無理をさせてしまっていたのではないかと、ミトは心配になってきた。

「家でも飲みたかったら飲んでいいよ？」

「んー、別にどっちでもいいから大丈夫だよ。お酒が特別好きってわけでもないし。今日は周りが飲んでるから合わせてるってだけだし」

「だったらいいんだけど……。飲みたくなったら言ってね？」

「うん、ありがとう。ミトは優しいね」

ふわりと微笑んだ波琉の目にはミトへのあふれんばかりの愛おしさが感じられる。

それを見ていた煌理はニッと口角を上げた。

「あの波琉がずいぶんと感情豊かになったものだ。なあ、千代子？」

「ええ。本当に」

千代子もまた微笑ましそうにミトと波琉を眺めている。

「うるさいよ、煌理」

波琉はミトに向けていた表情から一転して不満そうに煌理をにらむが、煌理にはまったく効いていない。

「事実だろう。天界ではいったい誰がお前の心を射止めるかと男女問わず争っているというのに。お前ときたらどんな美人の色仕掛けもけんもほろろに断っていたじゃないか。そんなお前が誰かを溺愛と言っても過言ではない扱いをするなんて、早く天界の者たちに見せてやりたいな。きっとあまりの違いに腰を抜かすぞ」

煌理はずいぶん楽しげである。

「煌理……」

恨めしげな目を向ける波琉だが、今ミトは聞き捨てならないことを聞いた。

「美人の色仕掛け……」

ミトは顔色を変えてつぶやく。

ただでさえ綺麗な龍神の中の美人といったら、ミトでは絶対かないっこない。

「波琉。色仕掛けに流されてないよね？」

不安そうに見つめるミトの眼差しに、波琉も慌てだす。

「してない、してないっ。僕にはミトだけだよ！　煌理！　変なこと言うからミトが不安がったじゃないか」

波琉はミトを抱きしめ煌理に抗議するが、その様子すら煌理には笑いの種にしかならない。

「ははは っ。ほら見ろ、私の知っている波琉とは大違いだ。皆もそう思うだろ？」

煌理が他の龍神たちに問えば、龍神たちも微笑みを浮かべて頷いていた。

波琉以外はなんとも和やかな空気に満ちている。

「それはそうと、環。お前もせっかく花印が浮かんだというのに、相手にはフラれたそうだな？」

波琉をからかうのをやめた煌理は、矛先を変える。

次の標的になった環は、本来なら美羽の相手となっていた龍神だ。

焦げ茶色の髪と瞳をした青年である。煌理に属する龍神らしいが、快活そうな煌理とは違い、真面目そうな雰囲気をしている。

その手の甲には、確かに美羽と同じ花印が浮かんでいた。

煌理から話を振られた環だが、フラれたと茶化すように言われても特に落ち込んだ様子はない。

「ええ。まあ、私も興味本位でしたからね。金赤様が龍花の町に降りられると聞いたので一緒についてきただけですし。またいずれ花印が浮かぶこともあるでしょう」

「次はよい縁があるといいな。私のように！」

そう白い歯を見せ笑いながら、煌理は千代子の肩を抱いた。

朗らかな笑みを浮かべる千代子の様子を見ると、百年経ってもなおラブラブのようだ。

ミトは羨ましく思ったが、環は煌理のノロケにあきれたように笑う。

「はいはい。ようございましたね。金赤様のノロケ話はお腹いっぱいです。胸やけするのでもう少し量を減らしていただけると助かるのですけど」

「本当に、ウザくて仕方ないよね。瑞貴もいつもノロケてばかりだからいい勝負だよ」

波琉が同意する言葉を発した瞬間、どっとその場に笑いが起きた。

波琉はなぜ笑われているのか分からないようで、きょとんとしている。

同じくミトも理解できていない。

「ふふふ。波琉様も十分素質がございますよ」

そう千代子が笑った。

「ミトさんもこれほどお変わりになられた波琉様に大変な思いをするかもしれないけれど、頑張ってくださいね。これまでの無関心の反動で、溺愛の仕方に際限がない気がしますもの」

「波琉はそんなに変わったんですか?」

当然だが、ミトは天界にいた頃の波琉を知らない。だからどう変わったのかも分からないのだ。

「ええ、私の知る限りですが、それはもう別人のようにお変わりになりましたよ。波琉様は誰に対しても興味を持たれず、人にも物にも執着を見せない方でしたから」

　そんな千代子の言葉に、酒をあおりながら煌理が同意する。

「そうだな。あまりにも感情が死んでいて、見ているこっちが心配になるほどだった。それがひとりの女に執着しているんだから、天帝のご采配は確かだったということだろう」

　ふたりとも過去形で話しているのは、今の波琉はそうではないからなのか。

「ミトさんのおかげですね」

「私……？」

「ええ。あなたがいたから波琉様は変わられたのだわ」

　ミトが千代子から波琉に視線を移すと、否定できなくて困ったというように眉尻を下げながら笑っている。

「私がいたから……」

　ミトは噛みしめるようにつぶやいた。

　以前にも波琉から言われたのを思い出す。ミトが波琉の見る世界を変えた、と。

　それが分かっているようでいて分かっていなかったのかもしれない。

第三者から見てもあきらかなほど波琉は変わったらしい。

その影響を与えたのが自分だと言われ、ミトは歓喜する。

波琉の絶対的な存在でありたい。なぜならミトにとっても波琉は絶対の存在だから。

ミト自身の勇気と力を与えてくれる人に、自分もちゃんと返せているのだと思えるのはとても嬉しい。

ミトは波琉を見つめて、はにかむように笑った。波琉もまた微笑む。

そこには言葉では伝えきれないたくさんの思いがあった。

周囲の龍神たちはそんなふたりを温かい眼差しで見守っている。

その後もお酒はどんどん進み、誰も彼も機嫌がよさそうだ。むしろ時間が経つにつれペースが上がっている気がするのだが、酒の在庫は大丈夫だろうか。

龍神たちはどれだけザルなのか、神薙たちは忙しなく動き回っている。

ただでさえ龍神という強者を相手に気を遣っているというのに、かわいそうになってきた。

誰よりも量を飲んでいる煌理は全然酔った様子もなく、環に問う。

「環はいつ帰るんだ？」

「ご縁がなかったので、早めに帰ろうかと考えています」

「もう少し町でゆっくりしていてもいいんだぞ？　相手の気が変わるかもしれないし

な」

　くくくっと笑う煌理は環の状況を楽しんでいる節さえあった。

　しかし、環は若干迷惑そうに苦笑いする。

「相手の子にはすでにお付き合いのある男性がいるらしいですよ。それを理由に断られたのに、やっぱり私がいいなんて言われても嬉しくありませんから」

　などと煌理と環が話している横で、波琉はミトを愛でている。

「ミト、これ食べてごらん。はい、あーん」

「自分で食べられるよ」

　恥ずかしがるミトにかまわず、波琉は箸で掴んだ料理をミトの口に差し出す。

　有無を言わせぬ波琉の微笑みに負け、ミトは口を開けた。

　そこからはもうなし崩し的に波琉の給仕が始まる。

　あれもこれもとミトに食べさせ、龍神たちにその仲のよさを披露した。

　ただでさえ、着慣れない着物の帯でお腹の辺りを圧迫されているのである。すぐにお腹が苦しくなってきたミトは、波琉に待ったをかける。

「波琉。もう無理～」

　もはや足を崩してお腹を圧迫しないように後ろに体を倒している。

　撫でたお腹はぱんぱんで、もう食べられそうにない。

その様子に波琉は笑った。

「あはは。ミトは少食だね」

「そんなことないよ」

ミトが少食でないのは、普段一緒に食事をしている波琉がよく分かっているだろうに。

しかし、ふと周りの龍神たちを見ると、お酒とともに食事もかなりの量を消費している。

空になった皿を神薙たちが入れ代わり立ち代わり新しい料理が入った皿と交換していくが、そのスピードがかなり早い。

「波琉。龍神様って大食漢？　もうかなり食べてるよね」

それこそミトよりずっと多い量を。

「うーん。まだまだ序盤じゃないかな。天界では三日三晩宴が続くなんてざらにあるし」

「さ、さすがに今回は今日中に終わるよね？」

ミトは口元をひきつらせた。

宴を楽しみにしていたミトでも三日三晩はついていけない。

「さあ、どうだろ。特に煌理はよく食べるしよく飲むからねぇ」

「でも波琉はいつも普通の量を食べてない？」

「ミトたちに合わせてるだけだよ。龍神はその気になれば際限なく食べられるから」

衝撃の事実だ。

「もしかして、波琉って毎日の食事の量足りてない？」

「そんなことないよ。そもそも龍神は人間と違って食事しなくても生きていられるからね。満足したらそこで終わりって感じ。僕はいつもの量で十分満足しているよ」

「それならよかった。……けど、三日三晩かぁ」

見渡してみても龍神たちが手を止める様子はない。

誰も酔いつぶれる兆候すらないのだから、最悪、本当に三日三晩続きかねない。

今、料理場はどうなっているのか気になる。

ここに神薙は十数名ほどいて、それでも走り回っているというのに、料理場は戦場と化しているのではないだろうか。

「さすがに三日三晩はしんどいかも……」

それはミトだけでなく神薙たちもだろう。すでに限界そうなお年寄りの神薙が数名見受けられる。

すると、ミトと波琉の話を聞いていた蒼真がそっと近づいてきた。

「紫紺様。さすがに三日三晩は俺たちも付き合えないんで、ほどよいとこで終わらせるようにしてください。俺たち人間では龍神方に物申すことなんてできませんから」

「分かったよ。僕も早く屋敷に帰りたいしね」

「お願いしますよ。じゃないとジジババたちじゃなくても倒れる人間続出ですから」

「そうなる前に止めるよ」

ひそひそと声を潜めた会話を終わらせると、蒼真もまた忙しなく働きだした。

まだまだ騒ぎ足りないという龍神たちにげんなりしているだろうに、顔には出さないあたり、蒼真もプロフェッショナルを貫いている。

ミトはゆっくりと立ち上がった。

「ミト、どうしたの？」

「ちょっとね。すぐ戻ってくるから」

それだけ言えば波琉も察してくれたようで、ひらひらと手を振る。

ミトは座敷を出てトイレを探す。ついでに苦しくなったお腹を減らすために屋敷の中を散策する。

やはり見た目通りかなり広い造りのようで、いくつも部屋があった。

さらに歩くと庭の見える場所までやってきた。

建物に合った日本庭園が広がっており、灯篭《とうろう》が灯っている。

ここに来た時はまだ明るかったのに、いつの間にやら夜になっていた。

その間中、飲み食いし続けている龍神たちにあきれと驚きを感じる。

あの場にはありすもいたが、彼女も顔をひきつらせていたのを見るに、ミトと同じように思っていたのではないだろうか。

千代子は普通の量を飲食していたので、特に天界へ行ったからといって人間が龍神のようになるわけではなさそうだ。

千代子とじっくり話をしたかったのだが、煌理が片時も千代子を離さないのでなかなか時間を見つけられない。

まあ、それはミトにも言える。波琉が始終かまっているので、離れる隙がないのだ。

別に嫌というわけではないのだが、次々に料理を食べさせようとするのはやめてほしい。

ミトは外に面した廊下で立ち止まり、大きく深呼吸する。

座敷は酒の匂いが立ち込めていたので、新鮮な空気を体が欲していた。

「はー、空気が美味しい……」

あのまま酒をあおる龍神たちに囲まれていたら、酔っていたかもしれない。

「ふう……。ちょっと落ち着いたかも」

ふと庭に目を向けると、大きな木のそばに人が立っているのに気がついた。

闇に溶けるような癖のある髪をした男性。その整った容姿と金色に光る目はどう見ても人間ではなく、ミトは驚いた。

「龍神?」

しかし、現在龍花の町にいる龍神は七人であり、その全員が今は座敷にいるはず。いつの間にか座敷から出てきたのかと疑問符が浮かんだが、あの場にいたどの龍神でもない。

それに男性は、ミトを憎々しげににらみつけてくる。

そのあまりの殺気に、ミトはたじろいだ。背筋がぞくりとし、思わず肩を抱く。

なぜそんな目で見てくるのだろうか。

恐怖心とともに不思議に思うミトへ声がかけられた。

「ミト」

びくりと体を震わせたミトが声のする方へ顔を向けると、神薙の装束を着た千歳が立っていた。

「千歳君? なにしてるの? 全然姿が見えなかったね」

千歳が宴の準備に駆り出されていることはミトも知っていたが、彼の姿は一度も見ていなかった。

びっくりするミトに千歳が近づいてくる。

「俺は神薙の中でも下っ端だから、直接龍神の対応はせずに裏方を任されてたわけ」

千歳はやれやれというように肩をすくめた。

「そうなんだ……」

「それよりそこでなにしてたの？」

「あ……。さっきそこに龍神の方が……」

ミトが先ほど人がいた場所を振り返ると、そこには誰もいなかった。

「誰もいないけど？」

「あれ？」

確かにいたのだ。いくら暗がりだったとしても、灯篭の灯りもあるので見間違えたりしない。

「ねえ、千歳君。龍神様は座敷にいる七人以外にいたりするの？」

「いや。そんな話聞いてないよ。もし来てたら俺に話が伝わってないはずないからね。未成年だけど神薙だし、嫌でも情報は共有されるから」

「でも……」

そんなはずがないのに。

もう一度ミトは庭に目を凝らしてみたが、やはり先ほどの人の姿はどこにも見つけられない。

「千歳君は誰も見なかった？」

「まったく。ミトの気のせいじゃないの？」

「そう、なのかな……？」

気のせいなのだろうか。けれど、男性のミトを見る目が脳裏から離れない。これまで星奈の一族から散々悪意ある目を向けられてきたが、あんなに恨みのこもった眼差しを受けたのは初めてだ。

「それよりこんなところでなにしてるの？　龍神方のいる部屋からずいぶん離れてるけど？」

「あ、トイレに行こうと思って」

「全然場所違うじゃん」

「ついでにお散歩」

千歳は「ふーん」と、感情の見えない表情をしながらミトの姿をじっと見る。

「なに？」

「いや、いつも制服のミトしか見てないから、着物姿が物珍しいだけ。結構似合ってるじゃん。かわいいよ」

「えへへ。ありがとう」

波琉に褒められるのは当然嬉しいが、千歳に褒められるのも嬉しく感じる。

はにかむように笑うミトに、千歳も柔らかな顔をする。その時。

バキャッと激しい音を立てて、近くにあった灯篭が爆発した。

「きゃあ！」

反射的に身をすくめるミトに灯篭の破片が吹き飛んでくる。

しかし、その前にミトの体を温かいものが包み込んだ。

顔を上げると、波琉が覆いかぶさるようにしてミトを守っていた。

「波琉？」

「ミト、大丈夫？」

いつの間に来ていたのだろうか。まったく気がつかなかった。

身を起こすと、ミトをかばった波琉から灯篭の破片がパラパラと落ちる。

「うん、大丈夫……。波琉こそ怪我してない？」

「僕は大丈夫だよ」

突然爆発した灯篭に視線を向けると、千歳が様子を見に行っていた。

どうやら千歳も怪我はなさそうで安心する。

千歳は灯篭の破片をひとつ拾い上げて首をひねっている。

「どうして急にこんなものが壊れたんだ？」

「……きっとひびでも入っていたんだよ」

波琉はそう言って簡単に流してしまったが、ひびぐらいで爆発するものだろうか？

ミトは懐疑的に眉間に皺を寄せる。

「そんなことより、ミトが遅いからどうしたのか気になって迎えに来ちゃったよ。なにしてたの？」

「あ、えっと、散歩してた」

まだ目的のトイレにも行っていないというのに、ついつい興味を引かれるまま屋敷内を徘徊《はいかい》してしまった。

「なにかあったかと心配しちゃったよ」

「ごめんなさい」

「なにもなくてよかった。いや、なにもなくはなかったね。探しに来てよかったよ」

素直に謝るミトの頭を撫でる波琉は、千歳へと視線を向ける。

「それで、君はミトのお世話係の千歳君だっけ？」

にこやかな笑みを浮かべながら千歳に問いかける。

「は、はい」

千歳は顔をひきつらせていた。

「ミトとふたりでなにしてたの？」

「それは……」

「千歳君も神薙だからお手伝いに来てて、ちょうど会ったの。私の着物がかわいいって褒められた」

　言葉を詰まらせる千歳に代わりミトが嬉しそうに報告するが、なぜか千歳の顔がさらに強張る。

「ふーん……」

　波琉は笑みを貼りつけたまま話を聞いているが、その目はどこか鋭さを持っていた。

　気づいていないのはミトのみ。

「い、いや、特に深い意味はないです！」

　常にない焦りを見せる千歳に、ミトは首をかしげる。

「千歳君どうかした？」

「なんでもない。ほんとになんでもないです！」

　もはやどっちに向かって話しているのか分からない千歳は、ジリジリと後ずさる。

「俺は手伝いがありますのでここで失礼します！」

　勢いよく頭を下げた千歳は、ミトがなにか発する前に行ってしまった。

「あ……。千歳君どうしたんだろ？　なんだか様子がおかしかったけど」

「きっと手伝いで忙しいんだよ。それより……」

　波琉はミトを突然抱きしめる。

「波琉!?」

「ミトは本当に放っておけないなぁ。いっそ閉じ込めちゃおうか」

波琉らしくない言葉と、内容に反した明るい声色に、ミトはクスクスと笑う。

「なんで？　私なんかした？」

「ミトがどう思ってるか知らないけど、さっきの世話係の子とあんまり仲良くしてほしくないなぁ」

「千歳君？」

なぜと問おうとして、以前の波琉の言葉と美羽の存在が頭をよぎる。

花印を持つ者の中には神薙や世話係と恋仲になる者がいるということを。

「千歳君との仲を疑ってるの？」

「疑ってるっていうか焼きもちかな」

「そんな必要ないのに。私には波琉だけだもん」

焼きもちを焼かれるのすら心外だというように、ミトは不満そうな顔をする。

「僕もミトだけだよ」

こつんと波琉の方からおでことおでこをくっつける。

キスもできそうなほどの近さにミトは頬を染める。胸がドキドキして波琉にも伝わらないか心配するほどだ。

こんな気持ちになるのは波琉だけ。他の誰にも同じように感じることなんてない。

波琉は顔を離し、ミトのおでこにキスをする。

まだ唇にするのは恥ずかしい奥手なミトに歩調を合わせてくれている、優しい波琉。

だからこそ波琉を不安にさせてしまっているのだろうかとミトは悩む。

自分がもっと積極的になったら波琉も安心するだろうかと考えながら波琉の顔をじっと見つめて、やはりまだ無理そうだと目を逸らす。

すると、波琉に咎《とが》められる。

「駄目だよ、ミト。僕から目を離しちゃ」

「波琉……」

「ずっと僕だけを見て。他に目を向けたら駄目だからね。そんなことになったら……」

「なったら？」

口を閉じて沈黙する波琉に、なにを考えているのかとミトも注視すると……。

「千歳君の脳天に雷落としちゃおうか」

まさか以前に口にした冗談と同じことを波琉が言いだすとは。

「それ聞いたら千歳君がお世話係やめちゃうから、絶対本人には言わないでね」

「んー、それは千歳君次第かな。ミトに邪な感情を抱くならズドーンと、ね？」

波琉の言葉は時々冗談なのか本気なのか分からない時がある。

とりあえずはこの場に千歳がいなくてよかったと安堵するミトだった。

五章

龍神たちが集まっての宴は、波琉の鶴の一声で解散となった。

ただし、誰よりも飲んで上機嫌だった煌理は最後まで嫌だと駄々をこね……。

しかし千代子からの「もう、疲れてしまいましたわ」という言葉であっさりと発言を取り消した。

どうやら夫婦の力関係は千代子に軍配が上がるらしい。

微笑みながら煌理を手のひらの上で転がしている幻覚が見えた気がした。

そんな千代子の助け舟もあって無事に終了した後に残されたのは、疲れ果てた神薙たちであった。

波琉とミトは帰るのが最後だったので、他の龍神が帰った後、蒼真は遠慮なくいつも通りの調子に戻っていた。

「龍神まじやべぇ。どんだけ飲み食いすんだよ」

などと愚痴をこぼす。

体力がありそうな蒼真ですら疲れた顔をしていたので、歳のいった尚之の疲れたるや相当なものだろう。

ぐったりとした尚之は、どこからともなく取り出したハリセンを恭しく波琉に渡す。

「紫紺様。どうか……どうか、御身の力をお貸しくだされ……」

波琉はやれやれという様子だったが、仕方なさそうに思いっきり尚之の頭をハリセンで叩いた。

スパーンという小気味よい音が響くと、どこからともなく地を這《は》う亡者のように他の神薙もやってきて、波琉の前に列をなした。

「紫紺様、どうか私めにも……」

「私もぜひ」

「私にも一発くださいませ……」

顔をひきつらせる波琉は、いろいろとあきらめた表情で、スパーン、スパーンと流れ作業のように次々神薙の頭を叩いていった。

波琉に叩かれた神薙たちは、思い思いに座り込んだ。

「あー、やはり紫紺様の一発は違いますなぁ」

尚之が緩んだ表情で肩を回していると、他の神薙もくつろぎながらハリセンの威力に感激している。

「おぉ、これが紫紺様のハリセンの力！」

「もはや神器ですな」

「毎日紫紺様のお力を受けている尚之が羨ましすぎる」

まだ波琉が残っているというのに、神薙たちはくつろぎモードに突入していた。

ミトも苦笑するしかない。

他の龍神の前では緊張感があったのに、波琉の前ではなんとも空気が緩い。

それは波琉の性格や雰囲気もあるのだろう。ミトも気持ちは分かる。

波琉は優しくおおらかなので、滅多に怒らないと分かっているからこそなのだろうが、もう少し緊張感を持ってもいいと思う。

まあ、それは置いておくとして、気になるのが波琉とハリセンである。

「そんなに効果あるのかな？」

ミトがじーっとハリセンを見ていると、波琉は投げ捨てるようにポイッと尚之にハリセンを返した。

「ミトには絶対使わないよ」

わざわざ釘を刺さなくともいいのに、波琉は『絶対』という言葉を強調する。

ミトはほんの少し残念に思った。

校長が波琉には頼めないからとミトに強要するぐらいなのだ。ミトでもそれなりに効果があるらしいので、波琉のハリセンを受けたなら効果を体感できると期待したのに。

自分で叩いても効果はあるだろうか、なんて考えつつ、回復してきた神薙が後片付けを始めたので、ミトと波琉は屋敷に帰ることにした。

案の定、蒼真がジジババと表現する歳のいった神薙は波琉のハリセンを受けても疲れきっているようで、蒼真や千歳のような若い神薙たちが中心になって動いている。

　これ以上ここにいては邪魔になるだろうと、足早に後にした。

　屋敷に帰る途中、波琉に気になったことを問う。

「ねえ、波琉。黒髪に金色の目の龍神様っていたりしないよね？」

「龍神？」

「そう。さっきいた屋敷の庭でね、そういう人を見たの。綺麗な顔立ちの人だったし、たぶん龍神様だと思ったんだけど千歳君は知らないって。単に千歳君が知らないだけだったりするのかなって」

　先ほど蒼真か尚之に聞こうとして忘れていた。

　ミトに問われた波琉は眉根を寄せる。

「そいつになにかされたの？」

「ううん。話もしなかった。でもなんかすごくにらんできて怖い人だったから気になっちゃって。知らないならいいの。やっぱり私の気のせいかもだし」

「…………」

　波琉はなにも言わなかった。

　だからやはり自分の気のせいなのだとミトは自分を納得させた。

翌日、学校へ行くと、疲れきった顔をした千歳がミトの登校を待っていた。

「千歳君。ひどい顔してるよ」

クマまでできているではないか。たった一日で何歳も老けた気がする。とても若い青年がする顔ではなかった。

「昨日の今日だから当然だよ。あんなハードな仕事をした後に片付けまでしたんだからさ。ジジババ神薙は口を出すだけで動いてくれないし。必然的に若い下っ端が一番働かされるんだよ」

「疲れてるなら休んだ方がよかったんじゃない？」

「そうもいかないよ。俺はミトの世話係なんだから」

仕事熱心なのは尊敬するが、フラフラとしていて見ている方が気になって仕方ない。

「本当に大丈夫？」

「平気。授業中に寝るから」

「先生に怒られるよ」

「神薙になってる俺に、神薙科の授業とかほぼ意味ないからいいの」

ミトは、「確かに」と納得させられた。

神薙科とは神薙になる人を育成教育するためのコースだ。

すでに神薙の試験に合格している千歳には、復習のようなものなのだろう。

それでも授業は受けていた方がいいように思うのだが、今の疲れきった千歳を見ると一日ぐらい許されてもいい気がする。

特別科の教室へ到着すると、千歳は自分の教室へと向かっていった。

ちゃんとたどり着けるのか心配である。

むしろミトが千歳を教室まで送るべきだったのではないかと思う。

しかし、千歳は見た目こそ金髪にピアスをしていてやんちゃそうに見えるが、性格は基本的に真面目なので、ミトがついていくと言っても断っただろう。

「うーん。千歳君、大丈夫かな？」

心配しつつ教室の中へ入ると、如月雫《きさらぎしずく》が寄ってきた。

最初こそ気さくに話しかけてくれたひとつ年上の雫だが、今ではまったく関わりがない。

皐月からの嫌がらせが始まった時に、完全に関係は断ち切られていた。

だからこそ、今になって雫が近づいてきたのには驚いた。

いじめられるとは思っていないが、少々警戒してしまうのは仕方ない。

「ねえ、龍神様たちの宴があったって本当？」

「……どうして知ってるの？」

「神薙科の子が言ってたから」

「なるほど」

神薙科の中には、蒼真のように代々神薙を輩出している家柄がある。

昨日の宴には多くの神薙が関わっていたので、神薙をしている親などから話を聞いた子もいるのだろう。

「それがどうかしたの？」

「ありすさんも参加してたって聞いて……」

気まずそうに話す雫は、ありすの派閥に入っていた。

「うん。彼女も来てたよ」

「その……。様子はどうだった？　元気にしてた？」

ありすは皐月が暴れた事件以降、学校に来ていないので、雫は気になってミトに声をかけてきたのだと分かる。

「元気だったと思う。普通そうに見えたよ。彼女とは会話してないから見た感じだけど」

ありすとは同じ部屋の中にいたものの、言葉を交わしたりはしなかった。

結構な時間滞在していたが、基本的に煌理が会話の主導権を握っており、龍神たちは煌理の話に応えるという感じ。

煌理は波琉の伴侶であるミトには興味を示しても、ありすにはまったく逆の反応だった。

ありすの龍神が自分に属する龍神ではなかったのもあるのだろうが、それにしたって興味がなさすぎた。

だからか、ありすは静かに龍神たちの語り合いに耳を傾けているだけで、たまに自分の龍神と会話するぐらい。

ミトはミトで、煌理からちょっかいを出されないように隣にいる波琉ががっちりと張りついていたので、ありすに声をかける隙もなかった。

あったとしても、ありす相手になにを話したらいいのか分からなかったので問題はない。

ミトに派閥のトップに立てと言ったり、久遠と別れた皐月をこれ幸いといじめていたありすにはあまりいい印象を抱いていなかったため、自分から関わりたくなかった。

「そう。よかった……」

ほっとした顔をする雫は、ミトから視線を逸らす。

「それだけ聞きたかったの。ありがとう」

「うん」

雫は他の女子生徒のところへ向かい、なにやら話し込んでいる。

今の話を他の生徒に教えているのかもしれない。

まあ、ミトには関係ない話だ。

少ししてホームルームが始まり、午前中の授業が終わると、千歳が教室に迎えに来た。

朝とは違いすっきりとした顔をしているので、授業中にゆっくり休めたのだろう。

「千歳君、回復したね」

「うん。めちゃくちゃ寝たからね」

「先生に怒られなかった？」

「神薙科の教師も神薙だからね。昨日の宴に参加していた教師もいるから見逃してくれたみたい」

それはミトも初耳だった。

「神薙科の先生は神薙なんだね」

「当たり前。神薙じゃないのに神薙のことを教えられないでしょ」

「それもそっか」

神薙の試験は難しいと聞くので、知らない者が教えるのは無理だと言われてから気づく。

千歳と並んで歩きながら階段を降りるミト。

すると、突然背中を誰かに押された。

あまりに強く押されたので踏ん張ることができず、階段に身を投げ出した。

落ちる……！

分かっていながらも体が動かないミトはぎゅっと目をつぶった。

体に受ける痛みを覚悟したが、次の瞬間、強く腕を引っ張られる。

「ミト！」

千歳の叫ぶ声が響き、落ちるはずだった体は、数段滑っただけで止まる。

千歳がとっさにミトの腕を引っ張ったおかげだった。

心臓がバクバクと激しく鼓動するのを感じながら、ミトは今なにが起こったのか整理がつかない。

呆然《ぼうぜん》とするミトに千歳が声をかける。

「ミト！　大丈夫!?」

「あ……。千歳、くん……」

ミトは掴まれた腕を見て、千歳が助けてくれたと悟る。

「あ、ありがとう……」

「そんなのはいいから、怪我は？」

焦りが含まれた千歳の声に、ミトの頭がようやく回り始める。

「大丈夫。たぶん……」

正直びっくりしすぎて体の痛みを感じる余裕がないが、見たところ怪我はしていなかった。

この騒ぎに、周囲の生徒もざわついている。

「どうしたの、急に？　足を滑らせた？」

千歳の問いにミトは顔を強張らせる。

「押されたの」

「押された？　誰に!?」

「分かんない。けど、背中を押されたの。もしかしたらぶつかったのかもしれないけど……」

ミトはまだショックが抜けきらないのか、声がわずかに震えていた。

押されたと聞いた千歳は、階段を見上げてそこに誰もいないのを確認してから、周囲に鋭い眼差しを向ける。

「誰か、ミトが落ちる時に後ろにいた人見てない!?」

周囲を見渡すが、誰もが困惑した表情できょろきょろしている。

すると、階段下で友人と談笑していた男子生徒がおずおずと手を挙げた。

「俺、階段の方向見てたけど、その子の後ろには誰もいなかったぞ」

「えっ……。いない？」

ミトは唖然とする。

「それ本当？　ちゃんと見てた？」

千歳が男子生徒を激しい剣幕で問い詰めると、男子生徒は気圧される。

「あ、いや、俺もこっちで話してたし、絶対かって言われると自信がないけど……」

男子生徒の声が尻すぼみになっていく。

すると、千歳がちっと舌打ちした。

それが自分に向けられたものと勘違いしたのか、男子生徒は顔色を悪くし、友人たちと足早にその場を去っていく。

「ごめんね、千歳君。助けてくれてありがとう」

千歳が差し出してくれた手を取り、ミトは立ち上がる。

「いいよ、そんなの。すぐに保健室へ行こう」

「別にどこも怪我してないから大丈夫だよ」

保健室なんて大げさなとミトは固辞するが、問答無用とばかりに千歳に手を引かれて強制的に保健室に連れていかれることになった。

保健室の先生に階段から落ちたと伝えると大層驚かれ、病院に行くかと言われてしまったミトだが、さすがに全力で拒否した。

先生もミトが紫紺の王である波琉の相手だと知っているので、かなり心配している。

そんな先生をなだめて、なんとかあきらめさせた。

代わりに体の確認をしてみれば、スカートで隠れていた膝上の辺りに擦り傷ができているのを発見する。

それまでなんともなかったが、怪我をしていると分かると、なんだか急に痛みを感じ始めた。

とはいえ病院に行くほどではないので、消毒と絆創膏《ばんそうこう》で処置してもらうだけに留める。

保健室の外で待っていた千歳に擦り傷ができていたことを伝えると、「やっぱり怪我してるじゃん！」と少し怒られた。

「病院行く？」

「大丈夫だって。擦り傷ぐらいで病院なんて大げさだからいいよ」

「…………」

千歳は不服そうだ。

これは話を変えた方がよさそうなので、わざとらしく話題を変更する。

「それにしても結局誰だったのかな？　私を押した人」

すると、先ほどよりさらに眉間に皺を寄せる千歳。

「下手したら大怪我じゃ済まなかったかもしれないのに、名乗り出ないなんてふざけてんのかな」

　これはかなり怒っているなと、被害者であるはずのミトはどこか他人事のような感想を抱いた。


　そんな事件があった昼休みが終わると、千歳は大丈夫だと言うミトを無理やり引っ張って玄関まで連れてきた。

「はい、鞄。今日は帰りな」

「えー」

「迎えはちゃんと呼んでおいたから」

「ちょっと怪我しただけなのに」

　不満を訴えるミトを千歳は完全に無視している。

　迎えに来たいつもの車の中には、普段はいない蒼真の姿が。

「あれ、蒼真さん？」

　昨日の宴の件もあって忙しいと聞いていたので、ミトは不思議がる。

「どうしているんですか？」

「いいから乗れ」

　ミトは困惑したように千歳を振り返るが、千歳は帰らせる気満々だ。

蒼真からも早く乗れという無言の圧をかけられ、今日ばかりは仕方なく受け入れるしかなさそうだなとあきらめた。

「はい」

なにやら機嫌が悪そうな蒼真に促されて乗り込むと、蒼真が千歳をにらむ。

「千歳、学校だからって気ぃ抜いてんじゃねぇぞ」

「すみませんでした」

蒼真に向かって深く頭を下げる千歳にミトはオロオロする。

そして、千歳を残したまま発車する。

しかし、車が走る道がいつもとは違うとミトは早々に気がつく。

「蒼真さん、どこか行くんですか?」

「病院だ」

「えっ、なんで?」

「アホか。お前を調べてもらうためだ。階段から落ちたんだろ」

なぜ知っているのかと疑問だったが、迎えを呼んだ千歳が伝えたに決まっている。

余計なことをと思わなくもないが、千歳もミトを心配しての行動だろうから責められない。

「別になんともありませんよ?」

「その言葉を鵜呑《うの》みにして、はいそうですかと終わらせられるわけないだろうが！」

くわっと目をむく蒼真にミトはたじろぐ。

「でも——」

「お前になにかあったら紫紺様が心配する。そこを考えろ」

「そうですけど……」

確かに波琉は、ミトが大したことはないとどれだけ訴えたとしても、必要以上に心配するだろう。

「万が一、急変してみろ。怒り爆発した紫紺様の力で、龍花の町は嵐で水没するかもしれない。いくら細心の注意を払っても足りるなんてことはない！」

「それは困りますね……」

実際は困るどころではない。龍花の町の命運がミトにかかっていると言っても過言ではないのだ。

「擦り傷だけと聞いているが、念のため病院に行って全身くまなく調べてもらうぞ」

「波琉は知ってるんですか？」

「今の曇天を見て分かんねえのか？」

蒼真は窓の外を親指でさす。

空は暗い雲に覆われており、今にも雷が鳴りそうなほど天気が悪い。

「紫紺様には千歳から連絡があってすぐに報告した。まあ、なんていうか、はっきり言ってめちゃくちゃ怒ってる」

　蒼真は怯えたように顔色を悪くしているので、それを見ただけで波琉の様子が目に浮かぶようだ。

　ミトも口元がひきつった。

「擦り傷だけってちゃんと伝えました？」

「もちろん伝えたに決まってるだろ。心配はいらないとな。けど、それであの方が納得すると思ってんのか？　お前に害を与えるものには温厚って言葉をどこかに放り投げる方だぞ」

「ほんとに擦り傷だけなんですけどぉ」

　ミトは情けない声を出す。

「あきらめて検査しとけ。町の平穏のためだ」

「はあ……」

　ミトは深いため息をついた。

　そして病院に着くや、そのまま検査着に着替えさせられた。

　あらゆる検査をされ、内科医やら外科医やら多すぎる医者に診察されてから、ようやく問題なしのお墨付きをもらい解放された。

「疲れた……」

病院のＶＩＰ専用に作られた待合室で椅子にぐったりと座るミトの向かいでは、蒼真も疲れた顔をして立っている。

ＶＩＰ専用とあって、周囲には高級そうな美術品が飾られている。なんとも豪華な待合室だが、今のミトに美術品を鑑賞して楽しむ余裕はない。

「疲れたのは俺の方だ。やっと昨日の宴の後始末が終わって休めるかと思ったら、階段から落ちたなんて情報が飛び込んでくるんだからな」

「ご心配おかけしました」

ミトは一応とばかりに頭を下げる。

「でもこれできっと波琉の機嫌も直りますよね？」

「だといいんだけどなぁ」

「他にも気になる問題が？」

「お前、落ちた時どうしてた？　突き落とされたんだろ？」

その問題があったとミトは頭を抱えたくなった。

「はい。でも見てた人によると誰も私の背後にはいなかったって」

「お前の気のせいってことは？」

「確かに押されたんです。背中をどんって。結構な力だったので間違えるはずないです」

沈黙がしばし続く。

「……まあ、それはおいおい調べるとして、とりあえずは無事な姿を紫紺様に見せに帰るとするか」

「はい。そうしましょう！」

やっと帰れると、ミトが飛ぶように勢いよく立ち上がったその時。

ドシャン！と大きな音を立てて、つい今しがたまでミトが座っていた場所に石像が倒れてきた。

時間が止まったように硬直するミトと蒼真。そして、すぐにふたりの顔色が青ざめる。

「ひっ！」

ミトは慌てて椅子から距離を取った。

石像はミトが座っていた椅子の横に飾られていた美術品だ。石でできているため見るからに重く、椅子が石像の重さでぐしゃりと潰れている。

もしミトがまだ座っていたら……。

考えるだけでも恐ろしい。

「な、なんで……」

「おい！　怪我はないか!?」

今日二度目となる問いかけに、ミトはこくこくと頷く。

「ないです」

ほっとした顔をした蒼真は、石像を確認する。

「なんでこんなものが急に倒れてくるんだよ」

ちょっとやそっと押したくらいではびくともしなさそうなものだったのに、まるで高いところから落としたように崩れている。

「そ、蒼真さん……」

ミトは怯えた眼差しを蒼真に向ける。

蒼真は真剣な顔をしてミトの手を引いた。

「急いで帰るぞ」

「は、はい……」

なにか得体の知れないいそら恐ろしさを感じる。

今日突然起こったふたつの危険はただの偶然なのか。

いや、思い返してみると、宴の時に灯篭が爆発した件もあるではないか。

こんなに危険が続くものなのだろうか……。

屋敷へと帰ってきたミトは、波琉の部屋へ一目散に走る。

その後を蒼真が歩いてついてきていたが、急ぐミトを叱るようなことはしない。

ミトはうちにある不安を払拭するべく、愛しい人を目指す。

「波琉！」

立って外の景色を眺めていたらしい波琉は、ミトが部屋に飛び込んでくると振り返り、静かな眼差しを向ける。

いつもなら微笑みながら迎えてくれるのに、今日は違った。

「波琉？」

いつもと様子の違う波琉に、ミトの不安がさらに膨らむ。

そんなミトを波琉は優しく抱きしめた。

「階段から落ちたって聞いたよ。怪我をしたんだって？」

「そうだけど、ただの擦り傷だから大丈夫。千歳君がとっさに助けてくれたおかげで」

「なら、千歳君にはお礼を言っておかないと駄目だね」

そこで初めて笑みを見せた波琉だが、その笑顔にはどこか緊張感があった。

「紫紺様」

部屋に蒼真が入ってきて、波琉の視線もミトから蒼真に移る。

「少しよろしいでしょうか」

「いいよ」

「ミト、少し外に出てろ」

「えっ、でも……」

ミトはためらいを見せたが、波琉に頭を撫でられ、しぶしぶ部屋から出る。

しかし思ったよりも早く蒼真は出てきて、「もういいぞ」とミトに声をかけて行ってしまった。

ミトは再び部屋に入り、波琉に近づく。

先ほどと違い座っている波琉の隣に腰を下ろそうとしたが、手を引かれ波琉の膝の上に乗った。

「今日は大変だったみたいだね」

「蒼真さんから聞いたの？」

「うん。ある程度ね。ミトが無事で本当によかったよ」

「うん……」

ひとつ間違えば怪我では済まなかった。

もし千歳が助けてくれなかったら。

立ち上がるのがもう少し遅かったら。

ふたつの偶然がミトを助けた。

今になって無事であることを実感し安堵した。そして急にある思いが浮かんでくる。

「ねえ、波琉。もし私が今死んじゃったら、天界へは行けないの？」

前に煌理や波琉が言っていた花の契り。

それを交わさなくては天界へは行けないと。

これまではそんなに深く考えていなかったが、今日命の危険を感じたことで急に不安になってきた。

「そうだね。今のままじゃミトは天界へ行けない。花の契りを交わさない限りはね」

「…………」

ミトは沈黙した。

このままでは波琉と一緒にいられなくなる。そんなのは嫌だ。波琉と離れるなんて考えたくない。

「今、花の契りを交わしちゃ駄目？」

「ミトは交わしたいの？」

「だって、花の契りを交わさないままもし私が死んじゃったら、波琉とは一緒にいられないんでしょう？」

「そうだね」

どこか焦っているミトと違い、波琉の眼差しは冷静だ。

「だったらっ！」

波琉はそれ以上の言葉を遮るようにミトの唇に人差し指を押し当てる。

「ミトが望むならいつだって僕の準備はできているよ。でもね、ミトの覚悟が聞きたい」

この町に来て波琉と会えた時点で覚悟なんてとっくにできている。ミトにとっては愚問だった。

けれど、まだミトに迷いがあることを波琉は気がついているのだ。

「前にも言ったよね？　ミトが僕とともに天界へ行くというのは、輪廻の輪から外れることを意味するって」

やっと波琉が唇から指を離したため、ミトはこくりと頷いた。以前にも教えてもらったから覚えている。

「僕と花の契りを交わしたら、ミトは両親や友人たちとは違う理の中で生きることになる。ミトは再び生まれることもなく、さらにはミトの魂に刻まれた大事な人たちとの縁を断ち切っちゃうんだよ？　それでもいいの？」

波琉に覚悟を確かめるように問われ、ミトはここのところ連続して身に降りかかった命の危機を思い返す。

もし死んでいたら、自分は波琉と天界に行くことなく別れていた。

そうなれば、きっと波琉にはもう会えないのだろう。

そんな未来を受け入れたくない。

志乃の言葉が頭をよぎる。

『大事なものを間違えては駄目よ』

今のミトに大事なものがなんなのか、答えはもう見つかっている。

それは波琉といること。

ミトを気遣い、花の契りについてこれまで話題にすら乗せなかった、そんな優しい波琉がなにより愛しい。

長い長い未来を波琉とともに生きたい。波琉が好きだから。

たとえそのために他の人たちとの縁を切る結果になってしまったとしても。

人にも物にも執着を見せない波琉が自分にだけは違うと聞いた。

波琉に影響を及ぼしているのだと思うと嬉しい。

そんな波琉と一緒にいるために必要なのは、ただミトの覚悟だけ。

「波琉。私と花の契りを交わして」

波琉の腕をぎゅっと掴んで、ミトは波琉の頬にそっと唇を寄せた。

初めてミトからされたキスに、波琉はひどくびっくりしたように目を見開く。

「確かに、お父さんとお母さん、それに蒼真さんとか千歳君とか尚之さんとか、きっとこれからも数えだしたらキリがなくなるほど大切な人ができるかもしれないけど、私は波琉と生きたい」

迷いのない眼差しが波琉を射抜く。

「そりゃ悲しくないわけじゃないけど、私は波琉と一緒にいる。その覚悟だけはとっくにできてる」

ミトの言葉に波琉は息を吞んだ。

「だからお願い。波琉とこれからも一緒に生きるために花の契りを交わしたいの」

「…………」

沈黙がしばらく続き、ミトはだんだん不安になってきた。

今の言葉を聞いて波琉はなんと思っただろう。

簡単に両親や友人知人との縁を切る決断をしてしまうミトに愛想を尽かさないかと心配だ。

すると、「くくくっ」と波琉が小さく笑い始めた。

「波琉？」

「いや、案外ミトの方が潔いなって。もしかしたら覚悟が必要だったのは僕の方だったのかもしれない。ミトが僕より他の人間を選んでしまうのではないかって不安だったのかも」

波琉はミトと目を合わせると、にっこり微笑んだ。そして、奪い去るようにミトの唇にキスをする。

唇同士でしたのはこれが初めて。突然のことにミトはなにが起こったか分からない顔をしていたが、すぐに顔を赤くする。

「は、波琉っ！」

「これまで遠慮してたって気づいたから、今後は自重という言葉を捨てることにするよ」

「そ、それは駄目！　急いで拾ってきて！」

「やーだ」

なんとも楽しげにクスクスと笑う波琉は、ミトの隙をついて再度唇を狙った。

二度もの攻撃にミトはもういっぱいいっぱいという表情で、三度目は許さないとばかりに自分の唇を両手で隠した。

そんな姿も愛おしそうに波琉は見つめる。

「かわいいね、ミトは」

「波琉、なんだか意地が悪い」

「そんなことないよ。ミトを愛でているだけ」

そう言うとぎゅっとミトを抱きしめた。

「ミト、本当にいいの？」

「うん。波琉と離れたくない」

「じゃあ、ミトの覚悟が変わらないうちに花の契りを交わしちゃおうか」

はっとしたミトは口から両手を離す。

「どうするの？」

花の契りと何度も口にしてはいるけれど、どうやって契約するのかミトはまったく知らない。

「特に難しい工程はないよ」

波琉は左の手のひらをミトに向ける。

「花印がある方の手を合わせて」

「うん」

言われるままに左手を波琉の左手と合わせる。

「今ここに花の契りを行わん」

そう口にしてから、波琉がミトの額にそっとキスをした。

波琉の触れた額に温かさを超えて熱さすら感じると、左手のアザまでもが熱くなってくる。

続いて、その熱はまるでミトの中に吸収されていくように次第に落ち着いていった。

熱が冷めると、波琉が手を離す。

「これで終わり？」

「うん。終わり」

「思ったより簡単なんだ」

契約とか言うので、契約書とか署名とか手続きが必要なのかと思っていたが、あっけないほどあっさり終わってしまった。

「これでミトは永遠に僕と一緒だよ」

「うん」

永遠とはなんて重い言葉だろうか。

けれど、ミトは後悔なんてしていなかった。

両親に相談なく決めてしまったのは後ろめたいが、きっと志乃ならば快く受け入れてくれるだろう。父親である昌宏が問題だったが、志乃に任せるほかない。

きっとかなり怒りながら泣くのだろうなと思うと、しばらく黙っていた方がいいような気がしてきた。

「あっと、もうひとつ忘れてた」

「なに？」

「ちょっとじっとしててね」

そう言うと、波琉はミトの頭に手を乗せた。

すると、その手から感じる強い神気がミトの全身を包むように膜を張った。

ほのかに体が光っていたが、それはすぐに消えてなくなる。

「なにしたの？」

「今日のようなことがミトにあっても、多少なら守ってくれるようにおまじないをかけただけだよ」

「へぇ」

おまじない。

それがどれほどの効果をもたらすか分からないまま、ミトは感心したように声を発した。


翌日、波琉に見送られながら学校へと向かう。

「おまじないをかけておいたから大丈夫だとは思うけど、気をつけてね」

「うん」

結局ミトを階段から落とした人物は見つけられなかったと、昨日の夜に千歳が連絡してきた。

石像の件も引っかかっていたが、ただの偶然だと思うようにして不安を振り払う。

車はいつものルートで学校への道を走っていた。

学校までは別に歩いていけなくもないが、花印を持つ者は基本的に単独で行動しない。必ず車で移動し、外に出る時には人が付き添う。

学校では付き添いなど世話係以外いないが、学校のセキュリティレベルはかなり高く、問題ないそうだ。

だからこそ、ミトが階段から落ちた件は重要視されており、警備の見直しがされることになったとミトは蒼真から教えてもらった。

紫紺の王の伴侶が階段から落ちたという事件は、ミトが思っている以上に大事らしく、学校側は顔を青ざめさせたらしい。

神薙本部からも警告が出されたようで、校長の毛根が心配になってくる。一度や二度ハリセンで叩いたぐらいでは間に合わないかもしれない。

ミトが流れる景色をなんの気なしに眺めていると、赤信号であるはずの横の方から白い車が突っ込んでくるのが見えた。

「きゃあ！」

運転手が白い車を避けようととっさにハンドルを切るが間に合わず、ミトの座る後部座席に直撃した。

ミトの乗る車はどっちが上で下かも分からない状態になりながら何度か回転し、

ひっくり返った状態でようやく止まった。

「……ミト様、大丈夫ですか？」

運転手が後ろを振り返りミトに声をかける。どうやら彼は頭を怪我してしまったようで、血が出ている。

幸いにもミトはなんともなかったが、心臓がバクバクと激しく鼓動している。

「はい。なんとか……」

運転手が這い出し、ミトもシートベルトを外して出ようとしたが、シートベルトが外れない。あれっと思った直後、漏れ出したガソリンに火が着いた。

「ミト様！　お早く！」

「嘘、嘘っ」

焦りだすミト。必死でシートベルトを外そうとするのに、捕らわれたようにその場から逃げられない。

火の熱さがミトを襲ってくる。もがけばもがくほど、余計に焦って冷静な判断ができない。

「ミト様！」

「やだ！　助けて！」

運転手もミトを助け出そうと必死になってくれているが、火がその行く手を阻んでいる。このままでは爆発して運転手も巻き込まれてしまう。

けれど、そんなことにも気が回らないほどミトは恐怖に襲われていた。

「いやっ！　波琉！」

こんな時、頭に浮かぶのは波琉しかいない。

けれど、ここにいない波琉に助けられるはずもなく、死が脳裏をかすめたその時、ミトの体が淡く光る。

「えっ……」

驚きのあまり恐怖心を忘れたミトの周囲を光が渦巻き、その光は広がって車を包み込む。

すると、近づくのすら危険だった炎が一瞬で消え去った。

なにが起こったかすぐには分からなかったが、あの慣れ親しんだ強い気配。波琉の神気にミトは涙が出そうになった。

そして、波琉が言っていた『おまじない』が頭をよぎる。

「波琉……」

波琉が守ってくれたのだと確信する。

燃える心配がなくなり、ミトが再度シートベルトを外すべく手を動かすと、今度は先ほどまでの災難はなんだったのかと思うほどあっさりと外れた。

そして、運転手の手を借りながら車の外に出る。

「ミト様、大丈夫ですか？」

「はい。私は全然なんともないです」

自分よりも、頭から血を流す運転手の方が心配である。

車はかなり損壊しており、よく無事だったなと思わせるほどの有様で、特にミトが座っていた後部座席が一番ひどかった。

花の契りのおかげで、寿命が尽きる前に死んでしまっても問題なくなったとはいえ、死にたいわけではまったくない。

波琉のおまじないの力を実感して、ミトはほっと息をつくとともに、自分の身になにかが起こっているのを感じる。

なにせ、横から追突してきた車には誰も乗っていなかったのだ。

そんなことあるのだろうか。

警官がすぐに到着し調べているが、ミトにはただの事故とは思えない。

灯篭の爆発。階段からの落下。倒れてきた石像。そして無人の白い車の衝突。

偶然にしてはおかしすぎる。

そう思っていたから、波琉もミトを守る力を与えてくれたのではないだろうか。

今、ミトの周りで起きている不思議な出来事の原因を、波琉はなにか知っている？

「波琉は話してくれるかな？」

波琉はミトに過保護なところがある。心配させまいと話してくれない可能性は高かった。

けれど被害に遭っているのはミトなのに、なにも知らされないのは気分がよくない。

帰ったら問い詰めようと思ったが、まずは現状をなんとかするのが先だ。

さすがに車がこんな状態では学校に行けないだろう。見事なほどにボロボロだ。

その上、先ほどの炎上でミトの鞄は燃えてしまった。中に入っていた教科書やノートも使い物になりそうにない。

「はあ……」

ため息をつくミト。

「なんで私ばっかり」

不運ではとうてい片付けられない。

先ほどあんなに取り乱していたのに、今は逆に冷静であった。

少しすると救急車がやってきて、頭を負傷した運転手とともにミトも乗り込む。

そして二日連続で精密検査をする羽目になってしまった。

検査を終えて向かった待合室では、警官と思われる人と蒼真が話し込んでいた。

ミトに気づくと、警官は一礼してから離れていき、蒼真がミトに近づいてくる。

「散々だったな、ミト」

「ほんとです。運転手の方は大丈夫ですか？」

「ああ。怪我した場所が場所だから念のため今日一日入院することになったが、本人はいたって元気だ。心配しなくていい」

「そうですか」

それを聞いてミトもほっとした。

けれど、すぐに真剣な表情へと変わる。

「ぶつかってきた車、人が乗ってなかったですよね？」

見間違えた可能性も考えて蒼真に問うが、蒼真は肯定した。

「ああ。車には誰も乗ってなかった」

蒼真も険しい顔をしている。

「原因は分かったんですか？」

人が乗っていない車が猛スピードで突っ込んできたのだ。

車には当然持ち主がいるだろうに、持ち主はなにをしていたのか。

「今は調査中だ。お前は気にするな」

「気にしますよ！　昨日からいったい何度死にかけたと思ってるんですかっ」

思わず声を荒げてしまうミトだが、それも当然だ。

「隠さず話してください」

問い詰めるミトの視線を受けた蒼真は、髪をくしゃくしゃとかき、どうしようか悩んでいる様子。

「まあ、なあ。お前の気持ちも理解できないわけではないが、ほんとに理由が分かってないんだよ」

「嘘」

ミトはじとーっとした目で蒼真を見つめる。

「嘘じゃねぇよ。学校で階段から落ちたにしても、学校内にはいくつもの監視カメラがあるんだ。それを確認したが、ミトが落ちる場面は映っていても、その後ろには誰もいなかった」

「えっ……」

学校内に監視カメラがあったのにもびっくりだが、ミトが落ちた場面が証拠として映っていたことにも驚く。

「ほんとに誰も？」

「ああ」

「でも押されたか当たったかしたのは絶対です！　嘘なんてついてません！」

「俺も嘘をついたとは思ってない。だからこそ厄介なんだよ」

蒼真は興奮するミトを落ち着かせるように頭にぽんと手を置いた。

「この町でなにか起こってる。よりによってお前の周りでな。紫紺様はそれを理解された上でお前を守ろうとしている」

「あ……」

車が炎に包まれた時、ミトを守った光。波琉の神気。

まるで自分がそばにいるから大丈夫だと囁《ささや》いているかのような安心感があった。

「紫紺様は堕ち神が関係しているんじゃないかと考えているようだ」

「堕ち神って、波琉が言ってた、天界を追放された龍神ですよね」

百年前に星奈の一族から生まれた花印を持った女性の相手。

キヨと九楼。

キヨは煌理を愛し、九楼はキヨを愛していた。それゆえに起こった事件によりキヨは煌理に殺され、九楼はたくさんの生き物を殺した罰で堕ち神となった。

百年前の因縁が今のミトに影響を及ぼしている。

もしミトを狙っているのが堕ち神なのだとしたら、相手は龍神だ。力のないミトに立ち向かえるとは思えない。

「紫紺様によると、堕ち神はこの龍花の町のどこかにいるらしい。紫紺様の命を受けた龍神たちが目下捜索中だ。そいつを見つけないことには、ミトの周りで起きた事故と関連づけられない」

「龍神様ならすぐに見つけられるんじゃないんですか？　すごい力を持ってるのに」

「龍神たちも頑張って探しているらしいが、龍神とてそんな万能じゃないんだそうだ。なんの制約も制限もなく、好き勝手に人間界で力を使えるわけじゃないんだとさ。まあ、そうだよな。本来天界にいるはずの龍神が人間界に来ているわけだし、好き勝手に力を使われたら町ぐらい簡単に滅ぶ」

「そうなんですか……」

ミトはしゅんとする。

龍神の力があればすぐに解決するかもしれないと思っていたのに、そううまく事は運ばないらしい。

「とりあえずいったん屋敷に帰るぞ。どうせ学校なんて行っても授業に身が入らないだろ」

「はい。そうですね」

はっきりとしない現状にモヤモヤとした感情を抑えながら、蒼真の後についていく。

蒼真がやけに周囲を警戒しながら歩いているのが分かり、自然とミトにも緊張感が走る。

何事もなく病院を出て、玄関前に停められた車に向かって歩いていた時、ミシミシとなにやら音が聞こえた。

きょろきょろと辺りを見回すミトを蒼真が不審そうに振り返る。

「どうした？」

「なんか変な音がしません？」

「変な音？」

ふと蒼真が視線を上に向けた途端、その顔に焦りをにじませる。

「ミト！」

「え？」

きょとんとするミトを蒼真が引き寄せ、抱きしめながら前に飛ぶと、地面に転がるようにして倒れたミトの耳に大きな音が響いた。

状況を理解できないミトが体を起こせば、瓦礫《がれき》が散らばっていた。

この瓦礫がどこから来たのかと上を見ると、どうやら建物の外壁が剥がれたらしい痕跡が壁にある。

幸いにも近くにはミトと蒼真以外に誰もおらず、被害を受けた人はいないようだが、この騒ぎに大勢が集まってきた。

ざわざわとする周囲の喧騒《けんそう》も頭に入ってこないほど、ミトは顔を青ざめさせて蒼真にしがみつく。

「まじか……」

顔を強張らせる蒼真は、思わずといった感じでつぶやいた。

「下手したら死んでんぞ」

その言葉にびくりと体を震わせるミトに気づき、蒼真ははっとする。

「悪い。怖がらせたか」

「いえ、大丈夫です……」

言葉とは裏腹にとても大丈夫そうには見えないミトだったが、四度目ともなると嫌でも理解させられる。

「私、狙われてるんでしょうか？」

「………」

ミトの問いに蒼真は沈黙をもって返したが、それが答えのように感じた。


屋敷に帰ってきたミトは、いつものように波琉の部屋へ向かう。

しかし、そこに波琉の姿がない。

「波琉？　いないの？」

声をかけても返事はない。その代わりに、クロとチコが姿を見せた。

『ミトおかえり～』

『ここ数日帰ってくるのが早いわね』

『仕方ないわよ。あんな危ない目に遭ったんだし』

『それじゃあ、まさか今日も危ない目に遭ったってこと?』

つぶらな二対の目がミトをうかがう。

「うん。なんだかいろいろありすぎて頭がパンクしそう」

『犯人は分かったの?』

『私たちが成敗してあげるわ』

『そうそう。他の仲間も呼びましょう』

クロは爪を見せながら「にゃあ」と鳴き、チコは楽しげに「チュンチュン」と鳴いた。

その姿に、それまであった緊張感がほぐれていく。どうやら思っている以上に気を張っていたのを自覚し、自然とミトの顔にも笑みが浮かんだ。

「クロもチコもありがとう。だけど犯人が誰か分からないの」

『そうなの?』

クロが首をかしげる。

「堕ち神が関係してるんじゃないかって。龍神様たちが探してるらしいんだけど、見つからないみたい」

『ミトを狙ってるのはそいつなの？』

「私もよくは知らないの。波琉から聞けないかなって思ったんだけど……」

ミトは自分たち以外誰もいない部屋を見渡す。

「波琉、どこ行っちゃったんだろ？」

波琉が出かけることなんて滅多にないというのに。

普段いる場所に姿が見えないだけでこんなにも不安になるのかと、ミトは落ち込む。

そんなミトを気遣ってなのか、チコがミトの肩に止まる。

『だったら私たちも協力するわよ』

「えっ？」

『私たちのミトに手を出したのが誰なのか、はっきりさせてやるわ！』

チコはなにやらやる気満々で窓から外に飛んでいった。

「えっ、チコ⁉」

まさに止める間もない。

『あらら、行っちゃったわね』

窓に前足を乗せながら、クロはチコを見送る。

離れていくチコの姿をミトも目で追っていると、次第にチコの周りに鳥が集まりだし、ぎょっとする。

　チコがここに来た時は同じスズメの仲間たちと一緒だったが、今の集団の中にはハトやカラスまで含まれているではないか。

　あれは大丈夫なのだろうか。きっと龍花の町の人々はなにが起こったか分からずに恐怖しそうだ。

『私も近所の猫たちに協力してもらってくるわ』

　クロまで動きだし、ミトは感謝より心配が先に来る。

「クロ。協力してくれるのは嬉しいけど、無理はしないで。堕ち神がどういう力を持ってるのか知らないし、もしクロやチコになにかあったら後悔してもしきれない」

　友人という言葉では収まりきらないほど、クロやチコはミトにとって大事な存在なのだ。

『ちゃんと注意するわ。私たちは人間と違って勘はいいから、危険だと思ったらすぐ逃げるから大丈夫よ』

「ならいいけど……」

　クロはしっかりしているので頼りになるが、不安にならないわけではない。

『そうそう。シロには黙っててね。あの子は野生の勘ってものをどこかに落としてきてるから』

「あはは……。分かった」

ミトは、お馬鹿かわいいシロの鈍くささを思い出して苦笑いする。

シロに黙っていた方がいいというのは、ミトも同感である。シロでは捜索するのを忘れて町で迷子になりそうだ。

なにせ、シロには蝶《ちょう》に興味を引かれるまま町に出て帰れなくなったという前科がある。大人しく留守番してもらうのが一番だ。

『いってくるわね』

「いってらっしゃい」

クロがいなくなると、途端に部屋が広く感じる。たったひとり取り残されたような寂しさがミトを襲った。

普段波琉がいる場所に座り込んでひたすら待ち続ける。

どれだけ経っただろうか。外はもう暗くなっている。

途中で志乃が食事の時間を知らせに来たが、波琉を待っていると断った。

ミトが事故に遭ったのを仕事から帰ってきてから知った両親は、心配そうにしつつも多くを聞かないでいてくれた。

蒼真からなにかしらの説明を受けていたのかもしれない。

この町に来ても心配をかけているのをミトは申し訳なく思ったが、今は波琉のことで頭がいっぱいだったので、大した反応を見せられなかった。

「波琉。早く帰ってきて……」

身を小さくしてただただ待つ。

そうしていると、カタンと小さな音を立てて窓から波琉が入ってきた。

「あれ？　ミト、まだ寝てなかったの？」

「波琉！」

ミトは立ち上がり、波琉に抱きついた。

「どこ行ってたの？」

「ちょっと町の散策かな」

「堕ち神を探してたの？」

ミトが核心に触れると、波琉は苦笑する。

「蒼真から聞いたんだね」

波琉は不安そうな顔をするミトを抱き上げ、いつもの位置に座る。

スリスリとミトの頬を撫でる波琉の手は優しく、ミトの方からも頬を寄せた。

「こんなにも不安にさせるなら口止めしておいた方がよかったかな。ミトこそ危険な目に遭って怖かったでしょう？　怪我はない？」

「怪我はないけど、黙っていられるのは嫌。不安なのは中途半端な情報しか知らされないからでもあるもの。ちゃんと教えて」

「以前に堕ち神のことは大した話じゃないって言っていたから、ミトに多くを語らなくても大丈夫だと思ったんだよ。でも何度も危険な目に遭ったら怖くなるよね。ごめんね、僕の配慮不足だった」

「波琉が悪いわけじゃない。でも私だけ知らないままなのは嫌なの」

我儘なのかもしれないが、自分の知らないところで得体の知れないなにかが起こっているのはそれはそれで怖いのだ。

「龍神たちだけで対処しようと思ってたんだけどね、なかなか痕跡が掴めなくて苦慮してるんだ」

「龍神の力にも制限があるから？」

「それも蒼真から？」

ミトはこくんと頷いた。

「ミトの思う通り、天界と違って遠慮なしに力を使ったりはできないんだ。そんなことを許したら、人間界は大変な混乱に見舞われる可能性があるからね」

「うん」

龍神の力が危険なのはミトにも分かる。

「だからなかなか捕まえられなくて困ったよ」

そう言う波琉の声はあまり困っていそうにない。

「他の龍神の力も借りてるんだけどねぇ。堕ち神は天界から追放されて力は弱ってるはずなのに、これだけ力を残してるなんて、よほど強い執念を抱いているのかな。ミトのためにも早く見つけないとね」

にこりと微笑む波琉に、ミトは思い出した。

「そうだ、波琉、ありがとう」

「なにが？」

「今日車で事故に遭ったの。火に焼かれそうになったけど、体が光ってそれが火を消しちゃったの。あれって波琉のおかげでしょう？」

「おまじないが効いてよかったよ」

やはりあの力は波琉のおまじないの効果だったようだ。

「ありがとう」

ミトは満面の笑みで波琉に感謝を伝える。

「お礼はいらないよ。ミトを守るのは僕の役目なんだから」

「でもすごく迷惑かけちゃってるのに」

「ミトだから手を尽くすんだよ。他人にここまでしないもの」

そう言ってミトの頬に触れる波琉は、反対の頬にキスを落とす。

やはり慣れないミトは恥ずかしそうに両手で顔を覆ったのだった。

それから三日経ったが、チコからもクロからも、そして波琉からも堕ち神が見つかったという情報はもたらされない。

この三日間大事を取って学校を休んでいたミトだったが、事故による影響も見られなかったので学校へ行くのを許された。

堕ち神が見つからないこんな時にと思いはするものの、龍神ですら見つけられない相手をミトが探せるはずもない。

他にも問題はある。

外へ出るたびに危険な目に遭ったため、屋敷から出る怖さがあった。

しかし、それは屋敷の中にいても変わらないかもと波琉が言うのだ。

日中、波琉は堕ち神を探すために屋敷を留守にしており、波琉のいない屋敷はむしろ人手が少ないので危ないかもしれないとのこと。

だったら学校に行かぬ理由はない。

それにミトには波琉のおまじないがあると強気でいられた。

事故に遭っても炎に包まれても無事だったのである。ちょっとやそっとではミトをどうにかできないだろう。……たぶん。

　ということで、数日ぶりに登校すると、玄関で千歳が待ってくれていた。

「千歳君、おはよう」

　なんだかずいぶんと久しぶりのような気がしてならない。

　しかし、千歳はいつもと変わらない様子で軽く手を挙げた。

「おはよ。もう大丈夫なの？」

「うん。……たぶん？」

「その間がめちゃくちゃ気になるけど、聞かないでおく」

　ミトにも大丈夫なのか分からないのだから仕方ない。本当は波琉のそばにいるのが一番安全だと分かっているが、波琉にも波琉のやることがあるので我儘は言えない。

「私が休んでる間になにか変わったことあった？」

　教室へ向かいながら談笑する。

「いや、ない……こともない？」

「どっちなの？」

　ミトは苦笑する。

「校長が毎日俺のところに来てミトの様子を聞いてきてた。そろそろハリセンの効果が欲しいんだってさ」

「校長先生……」

これにはミトも頭を抱えたくなった。

どれだけミトのハリセンの力を必要としているのやら。

だがまあ、確かに学校がある日はほぼ毎日校長室に行き、ハリセンでぶっ叩いていたので、校長もハリセンの効果が切れるのを恐れたのかもしれない。

ちなみに尚之も昨日は叩いてもらえなかったようで、今朝早くとりあえず挨拶代わりにハリセンを渡して波琉に叩いてもらっていた。

堕ち神が見つからない苛立たしさがあるのか、いつもより叩く力が強かった気がするが、むしろ効果がありそうと尚之は大層喜んでいた。

校長も似たようなものだなとミトはげんなりしつつ、波琉の気持ちがよく分かった。

「校長先生は放置で。他は？」

「そうだな、吉田美羽と世話係が別れたらしいって話だよ」

「えっ！」

ミトは目を丸くして驚く。

なにせ龍神からの求めを拒否してまで得た関係だというのに、そんなあっさり破局するなんて誰が思うだろうか。

「なんで？」

「結局、場の空気に盛り上がってただけじゃない？」

「どういう意味？」

「これまでクラスメイトから虐げられていたヒロインと彼女を守るヒーロー。その前に立ち塞がった龍神という恋の障害。そんな少女漫画のようなストーリーに自分たちを当てはめてテンションが上がってただけで、龍神という障害がなくなったら一気に気持ちが冷めたってところかな」

「えー……」

それはなんともお粗末な寸劇である。

「龍神じゃなく世話係を選んだことを非難する奴もいたけど、普通科の生徒とか中心に、龍神にも負けない真実の愛を貫いたって応援する奴が圧倒的に多かったからさ。結構批判が集まってたりするんだよねー」

「そうなんだ」

「恋愛なんて我に返ったら終わりだよ」

「なんか千歳君、悟りを開いた仙人みたい」

チャラそうな見た目で彼女がいないのは知っているが、なんともドライだ。彼女が欲しいとか憧れはないのだろうか。

そんな余計なことを考えていると、後ろから声をかけられる。

「千歳くぅ～ん」

聞いた覚えのある猫なで声に、千歳は嫌そうに顔をしかめた。

ミトがそろりと振り返ると、今日もメイクバッチリな吉田愛梨が手を振って駆けてくるのが見えた。

「あいつほんとウザイ。ミトが休みの間ずっとつきまとってくるし。一回しめるかな」

千歳が蒼真のような怖いことをつぶやきだした。

「それはちょっとまずいと思う。ほら、相手は女の子だし」

「あんなの、女という名のモンスターだよ」

やさぐれたように話す千歳。ミトが休みの間になにがあったのやら。

「お、は、よ～」

語尾にハートがつくような話し方で千歳の腕に抱きつこうとしたが、さっと千歳がかわしたので愛梨はたたらを踏む。

「千歳君ったら恥ずかしいの？」

頬を染める愛梨だが、今の千歳のどこをどう見て恥ずかしがっていると思うのか疑問である。めちゃくちゃ嫌そうな顔をしているではないか。

千歳は長居は無用とばかりにミトの手を引いて早足になった。

どこまでついてくるのかと様子を見ていたら、愛梨は特別科まで後を追ってくる。

ミトを送り届けた後に千歳がひとりになるのを狙っているに違いない。

「大変だね」

ミトにはどうにもできないので、苦笑いを浮かべるだけ。千歳の顔を見れば、不機嫌なのが伝わってくる。

特別科の教室に着くと、見慣れたはずの教室内はなにやらいつもより静かだ。

ここでもなにかあったのかと首をかしげるミトのところに、先ほど話題に上がった美羽が走ってきた。

けれど、正確にはミトではなく、一緒にいる千歳のところにだった。

美羽は千歳の前に立つや、一気にまくし立てる。

「成宮君、お願いします！　環様に会わせて！　神薙であるあなたなら話をつなぐことができるでしょう？　お願いよ！」

なにを言いだすのかと、ミトだけでなく千歳も、教室内にいた生徒も驚いている。

美羽は、千歳の隣にいる自分の妹にも気づいていなさそうだ。

お願いされた千歳は一瞬だけびっくりした顔をした後、凍えるように冷たい眼差しを向けた。

「無理」

千歳の回答は至極簡単なものだったが、美羽は納得していない。

「どうして!?」

「いや、そもそも会ってどうするの？」

「私が馬鹿だったの。やっぱり花印を持ってる私は環様の伴侶になるのが運命だった。私は選ばれたんだもの。だから、今から環様と――」

「恋仲になるって？」

千歳が美羽の言葉を遮るように口を開いた。その目には軽蔑という感情が浮かんでいる。

「なに言ってるの、あんた。そんな都合がいい話を聞けるわけないじゃん。今さらやっぱり龍神がよかったなんてさ、龍神を馬鹿にしてるの？」

「そんなつもりじゃ……」

千歳の蔑むような眼差しを正面から受けて、美羽は言葉に詰まる。

「じゃあ、なんのつもり？　あんたには愛しの世話係がいたんじゃなかったの？」

千歳はかなり怒っているようだが、ミトも同じ気持ちだったので止める気はない。あっちとうまくいかなかったからといって別の人に乗り換えるなんて、相手が龍神でなかったとしても失礼な話だ。

「陸斗とのことはちょっと間違えたの。本気じゃなくて……。環様の方がずっといいって気がついただけで」

彼女は今なにを言っているのか分かっているのだろうか。

損得で相手を選ぼうとしているのが透けて見え、ミトは不快でならない。それはきっと千歳もだろう。

「残念だけど、環様はとっくに天界に帰ったよ」

「えっ」

驚きのあまり声が出ない美羽と違い、思わず声をあげてしまったミトは、千歳に問う。

「環様って帰ったの？」

「うん。昨日だったかな。今は金赤様が町にいらっしゃるから、早めに帰ることにしたみたい。なんせ、花印を持つ相手には恋人がいるって断られたからね」

そう告げながら美羽をにらむ千歳はかなり迫力があった。

「そんな……」

愕然とする美羽をかわいそうとは思わない。自業自得だろう。

その時、大きな笑い声がした。

声の主は美羽の妹である愛梨で、その笑い声は美羽を見て嘲笑っている。

「あははっ！　馬鹿みたい。自分から手放しておきながら今になってすがろうとするなんて、お笑い種だわ。ほんとに馬鹿」

お腹を抱えて笑う愛梨を美羽はにらむが、全然怖くないので愛梨にも効いていないだろう。

「笑わないでよ。そもそも普通科のあなたがどうしてここにいるの？」

「私がどこにいようとあんたに関係ないでしょう」

「姉に対してそんな言い方……」

「姉だなんて思ってないもの。これまであんたのせいでどれだけ私が我慢させられたか分かってるの？　花印を持ってるってだけで、すべてがあんたを中心に回っていた家族。それがどれだけ苦しかったか、あんたは気づこうとすらしてないんでしょうね」

どうやらこの姉妹にもいろいろと問題があるらしい。

「ほんと滑稽ね。龍神に去られた花印に価値なんてないわよ」

愛梨は歪んだ笑みを浮かべながら、「お疲れ様。価値のなくなった花印様」と言い捨て去っていった。


それからはもうクラス内の空気は最悪である。

シクシクと泣く美羽を誰ひとり慰めようとはしない。数日前まで人の輪が絶えなかったというのに、特別科の生徒もあからさまである。

この町では、龍神に選ばれるかがすべてを決める。

自分から龍神の手を振り払った美羽に、今後龍神が迎えに来ることはない。

そうしたらどうなるか。ミトも皐月の時に経験済みだ。

もともとクラス内での立場が弱かった美羽は、一気に前の状況に戻った。いや、前よりさらに悪いかもしれない。

千歳から聞いていた、これまで美羽と陸斗の恋を応援していた者たちまで美羽の敵となった。

あまりにも早すぎる破局と、美羽が環に乗り換えようとしたことも噂として回り、身持ちの軽さから『悪女』の汚名を着せられてしまった。

しかし、一応花印を持っていることに変わりはなく、手を出されるような事態にはなっていないのが幸いだ。

もし皐月の時のようにひどい場合はミトも口を出そうと思っていたが、どうやらそこまでではないようだったので傍観者に徹した。

それに、美羽には前に手を貸して怒られた経験があるので、また怒らせる結果になりはしないかと安易に助けに入るのもはばかられた。

千歳に話すと、「助けてやる必要なんかないよ」となんとも冷たい対応。どうやら美羽の優柔不断さは、千歳には受け入れがたかったよう。

それでも、ミトは様子を見つつ、いざという時には助けに入ろうと心に決めた。

そんな日の放課後。

いったん屋敷に帰ったミトだったが、忘れ物をしたのに気がつき再度学校へと向かった。

明日の授業にも必要な宿題だったので、面倒だが仕方ない。付き合わせる運転手に申し訳なく思いながら学校へ向かえば、まだちらほらと生徒が残っている。

さすがに教室には誰もいないかと思ったが、教室には美羽がいた。

「あ……」

美羽もミトに気がつき、なんとも言えぬ気まずい空気が流れた。

ここはすぐに退散するのが良策だと、机の中をあさる。

美羽はどうやらノートになにかを書き込んでいるようだ。誰かに押しつけられたのかもしれない。

声をかけようか一瞬迷ったが、また怒らせるだけかもと思い口を閉じた。

すると、突然立ち上がって美羽の方から声をかけてきた。

「ねえ。どうして助けてくれなかったの？」

「は？」

ミトは責めるような美羽の言葉の意味が分からず、素っ頓狂な声が出た。

「朝のこと。私が環様に会いたいって言ってたのに、どうして成宮君に取りなしてくれなかったの？」

「えーっと……」

そんなことを言われてもミトとて困る。

そもそも環は天界へ帰ってしまったのだし、ミトがなんとかできるはずがない。

わざわざ説明せずとも分かるだろうに、美羽は困惑したミトにかまわず話を続ける。

「環様を断って陸斗を選んだことを両親も責めてくるのよ。そんなの私の自由でしょう？　それなのに陸斗もなんだか様子がおかしくなって、これまで私に優しかったのに、急に強い態度を取ったり説教したりしてくるの」

「それは……」

当たり前なのではないかとミトは思う。

世話係はあくまで世話係。花印を持った者の方がどうしても立場が上になってしまう。

けれど、恋人になるなら立場は対等なはずだ。喧嘩《けんか》もすれば文句だって出てくるのが当然の関係ではないか。

美羽の感覚はどこかズレている。いや、この町ではミトの方がズレているのか。

特別に扱われるのが常の花印を持った者は、滅多に下に扱われたりしない。

美羽はクラスで立場が弱かったが、世話係である陸斗に対しては自分の方が上という傲慢があったのではないだろうかと、話を聞いていると感じてくる。

「ねえ。星奈さんの相手は紫紺の王様なんでしょう？　だったらあなたから環様に連絡をしてみてよ。そうしたらまた環様が町に来てくれるでしょう？」

「なに言ってるの？　そんなのできるわけないじゃない」

「できるわよ！　あなたの相手は紫紺の王なんだから」

下から見上げるようににらむ美羽は、妬ましげに告げる。

「あなたはいいわよね。紫紺の王なんて、勝ち組じゃない。私だって王が相手だったら迷わず龍神を選んだのに」

その言葉にミトはカッとする。こればかりは聞き流せない。

「私はそんな理由で波琉を選んだんじゃないわ！　波琉だから私は彼を選び、選んでくれたの。そのための覚悟だってちゃんとできてる。簡単に変わってしまう気持ちしか持たず、覚悟もないあなたに文句を言われる筋合いはないわ」

美羽は自分のことしか考えていない。

「環様がたとえ戻ってきたとしても、あなたを選ぶか分からないのに、自分の都合ばっかり。そんな人の言うことなんて聞くわけない！」

「それぐらいしてくれてもいいでしょう？　そうじゃないと、私はいつまでも特別科で立場が弱いままなのに」

ミトにこれだけ言い返せるなら十分逆らう力は持っているはずだ。なのに、自分で自分を弱いと決めつけている。

それに、今の状況すら彼女の選択の結果。自分で後始末をつけるべきだとミトは思う。

「どれだけお願いされたって波琉には頼まない」

そんな自分勝手な話に波琉の力を借りようとは思えない。

毅然《きぜん》とした態度で断ると、突然美羽が掴みかかってきた。

「なんで!?　それぐらい協力してくれてもいいでしょう」

「離して……」

見た目に反して力が強い。ミトは抵抗するが、美羽も必死な様子で掴んでくるから逃れられない。

教室内には他に誰もいないので、助けてくれる者もいない状況だ。

すると、ミトの体が淡く光りだす。

これは事故の時にも起こった現象だったのでミトは驚かなかったが、美羽は違う。

「なに、これ！」

光はミトを掴んだ手を通して美羽に移り、眩《まばゆ》いほどに輝いた。

「きゃあ！」

必死で光を振り払おうとする美羽だが、次の瞬間、急に力をなくしたようにがくりと倒れた。

ミトは慌てて確認するが、どうやら意識を失っただけの様子。けれど波琉の力がどんな影響を及ぼしたのか分からないので、すぐに助けを呼ぶ必要がある。

教師なら職員室にいるだろうと部屋を出ようとした時、教室に千歳が入ってきた。

「えっ、千歳君？　どうして？」

目を丸くするミトだが、千歳もまた同じような顔をしている。

「ミトこそなにしてるの？　俺は叫び声が聞こえたから様子を見に来ただけだけど……って、誰か倒れてる？」

「あー、うん。さっき吉田さんに掴みかかられちゃって、波琉のおまじないが反応して彼女が急に倒れちゃったの」

「そうなんだ」

「人を呼んだ方がいいと思うんだけど、どう説明しよう？」

ミトが困ったように眉尻を下げる。

「紫紺の王の守りにやられたって言えばいいよ」

「うん」

その時、ミトのスマホが鳴った。どうやら電話がかかってきたようだ。

「あ、ごめん。ちょっと待って」

画面を見た瞬間、ミトの顔が強張った。ゆっくりとスマホを耳に当てると……。

スマホの向こうから聞こえてきた声にミトは驚愕し、目の前にいる千歳に声をかける。

「ねえ、千歳君？」

「なに？」

「あなた……誰？」

震える声で問うミトのスマホの画面には、【千歳君】の文字。そして電話口からミトを呼ぶ千歳の声が聞こえてきていた。

目の前にいる千歳の姿をした誰かは、ニィと笑う。

「百年前の恨みを忘れはしない」

身の危険を感じ、弾かれたように逃げようとするミトだったが、急に意識が遠くなり、ゆっくりと力が抜ける。次の瞬間……。

「ミト！」

突如として現れた波琉が走ってくるのが見えた。その顔は常にない厳しくも焦りをにじませた表情をしている。

必死に伸ばされた彼の手がミトへ届く前に体が床に倒れる。痛みは感じなかった。

「来るのが遅かったようだな。先ほどの女で王の加護を使いきってくれて助かったよ」

「ミト！」

「は、る……」

遠くなる意識の向こうで波琉と男の声が聞こえたのを最後に、暗転した。


気がつくとミトは花畑の中心にいた。

そこは現実世界で波琉と会って以降見ていなかった、夢の世界と同じ場所のようだ。

しかし違うのは、そこに波琉がいないということ。

ミトはこの花畑のどこかに波琉がいるのではないかと探し回るが、どこにも彼の姿は見つけられなかった。

途方に暮れるミトを冷たい感覚が襲う。

「ひゃ！」

足下を見れば、水がちょろちょろとどこかに向かって流れていた。

これまで散々夢を見てきたが、このように水が流れていた記憶はない。

ここは夢の世界ではないのかと疑問に思いつつ、水が流れる方向へ歩いていく。

最初は少なかった水量が次第に多くなり、川へとなっていった。

「この先になにがあるのかな？」

期待と恐れの混じった感情は、興味の方に傾いた。

意を決して向かったミトが見たのは湖だ。

「すごく綺麗……」

水は透き通り、湖面がキラキラと輝いている。

水面を覗き込むと、大きな建物が映り込んでいた。しかし、実際に建物は建っていない。

首をかしげるミトが水の中に手を入れると、渦が起こり強い水力で引きずり込まれた。

「……っ！」

ゴボゴボと口から泡があふれだす。もがくミトは息が続かず、次第に意識が遠のく。

『波琉……』

こんな時でも思い浮かべるのは波琉の姿なのだなとミトはどこか冷静に考えていた。

『夢の中で溺れるなんて波琉が聞いたらなんて言うだろう……』

そのまま意識を飛ばしたミトが次に目を開けると、波琉の腕の中にいた。

「は、る……？」

「ミト」

俯いていた顔を上げた波琉は静かに涙を流していた。

ミトはそっと波琉の頬を撫でる。

「なんで、泣いてるの……？」

ぼうっとした意識のままゆっくりとした口調で問うミトが視線を移動させると、他にも見知らぬ人がひとりいた。

見知らぬ人に見知らぬ部屋。窓の外に見える空は虹色に輝いており、たくさんの龍が飛んでいる。

少しずつ鮮明になっていく意識の中で波琉が苦しそうに囁いた。

「ミト、君は死んだんだよ」

そう言われ、ミトは大きく目を見開いた。

特別書き下ろし番外編

シロは眷属

今やお馬鹿かわいい紫紺の王の屋敷のマスコット、その白い毛から名前がつけられた犬のシロ。

その愛嬌《あいきょう》から、ミトの家族だけでなく、屋敷の使用人にもかわいがられている。

体型としては普通の犬の標準だったのだが、志乃からだけでなく、使用人たちまでおやつを与えたりするので、最近ちょっとふっくらしてきたような気がする。

それにいち早く気がついたのは、シロの保護者と言っても過言ではない、黒猫のクロ。

そんなクロから、おやつを与えすぎないでくれと注意されたミトにより使用人たちにも伝えられ、シロにはしばらくおやつ禁止令が出され、シロはひどいショックを受けた。

クゥーンクゥーンと、情けない声を出しても誰もおやつをくれない。クロに催促しても母親のごとく厳しく叱られるので、シロはあきらめ……なかった。

クロに気づかれないようにこっそりと向かったのは波琉の部屋。

庭からシロがワンワンと鳴けば、波琉が窓を開けてくれる。

「また来たの？」

『波琉～。おやつちょうだい！』

ブンブン尻尾を振りながら催促すれば、波琉は仕方なさそうに一度部屋の中に消えてから、犬用のおやつを持って戻ってくる。

それをシロに与える波琉は、ちょっと困ったようにしている。

「少しだけだよ？　あんまりあげるとミトやクロに叱られちゃうからね」

『はーい』

クロが怒ると怖いのはよく分かっているので、波琉の迷惑にならないように内緒にしなくてはと、シロも気をつける。

シロが必死でおやつを食べているのを、波琉は微笑ましそうに見ている。

それに気づいたシロは、おやつと波琉を交互に見て悩む。

『うーん……』

「どうしたの？」

『僕ばっかり食べてるから。もしかして波琉も欲しい？　僕の分ける？』

食いしん坊のシロからしたら苦渋の決断だったが、波琉にはなにかとお世話になっている。

ミトを助けてくれた恩人だし、自分やクロを村長から解放してくれた上、シロにはちょくちょく芸を教えてくれる。

そんな波琉のためなら、貴重なおやつを分け与えるのも惜しくはない。

シロはもらったばかりのおやつを波琉の手元に持っていく。

自分から持っていったくせに名残惜しそうにおやつを見ながら耳と尻尾を下げているシロはなんとも悲しそう。

その様子を見ていた波琉は優しい顔でふふふっと笑った。

「僕にはミトがごはんを作ってくれるからいいよ。シロがお食べ」

『いいの？』

「うん。シロのために用意したんだからいいよ」

ためらったのは一瞬。次の瞬間にはおやつに食らいついていた。

あむあむとおやつを食べるシロは幸せいっぱいの顔をしており、まるでそれが伝染したように波琉の表情も柔らかい。

「ねえ、シロ？」

『なあに？』

「一緒に天界に来る気はない？」

『天界って波琉みたいな龍神様がいるところ？』

シロはおやつを食べるのをやめて首をかしげた。

「そうだよ。人間を天界へ連れていくのはいろいろと難しいけれど、動物の穢《けが》れのない純粋な魂を天界へ連れていくのは結構簡単なんだ。僕の眷属《けんぞく》にすればいいからね」

『眷属？』

シロには少し難しい言葉だったので理解できなかったようだ。

波琉は言い方を変える。

「ミトもいずれ天界に来るから、これからもずっとミトといたくないかい？」

『いたい！』

シロは即答だった。その意味も分かっているか定かではない。

いや、絶対に分かっていないだろう。

それでも、大好きなミトと波琉といられるなら、何度同じ質問をしてもシロは頷くはずだ。

『あ、でもクロやチコは？　僕だけ天界に行くのは嫌だなぁ』

シロにとって大事な友達。自分だけでは寂しいと耳を下げるシロに、波琉もにこりと微笑む。

「それもそうだね。だったらクロとチコも誘っておいで」

『いいの？』

「いいよ。たくさん友達がいた方がミトも嬉しいだろうしね」

『わーい。じゃあ、呼んでくる』

シロはブンブン尻尾を振りながら、クロとチコを呼びに走っていった。

それを見送る波琉はクスリと笑う。

「僕が天界に連れていきたいと思うほど生き物に興味を持ったって知ったら、瑞貴はびっくりするだろうね」

いや、驚く以上に波琉の変化を喜ぶかもしれないなと、波琉は天界に戻る日が少し楽しみになった。

少しして、シロがクロとチコを伴って戻ってくる。

シロの説明ではよく理解できなかったらしく波琉から再度説明すると、ミトといられるならと、シロと同じように波琉の眷属になることを受け入れた。

そして、波琉は二匹と一羽を同意の下で眷属にしたのである。

けれど今はまだミトには内緒だ。

いずれびっくりさせるのだと波琉が楽しげに話すと、シロたちは同じように楽しそうに鳴いた。

完

あとがき

こんにちは、クレハです。

龍神と許嫁の赤い花印も三巻となりました。

お手に取ってくださった皆様、ありがとうございます！

ラストは中途半端なところで終わっているので、消化不良気味に感じる方も多いのではないかと心配ではあるのですが、この場面で次の巻に続くという流れは、結構前から考えていました。

担当さんと話しながらこんな感じではどうかと話し合ったりしたので、いい感じに興味を残したまま次につなげていると嬉しいです。

それとは逆に、ラストは早々に決まっていながら、そこに至るまでをどうしようかというのに頭を悩ませました。

星奈の一族について明かされる今回は、新キャラもたくさん出てきました。

三巻になってようやく金赤の王を出せてよかったです。

彼の名前はピンとくる名前がなかなか見つからず苦労しました。

火の性質を持つ龍神様ということで、煌理という名前で落ち着きました。

新キャラが出てくるたびに思うのですが、キャラクターの名前を考えるのは難しいですね。

いつもすごく悩みます。

でも悩んだからこそ愛着も湧いてくるので、イメージに合う漢字を探して、そこから決めたり、先に読みを決めてから字を決めたりとさまざまです。

ミトの場合はイメージに合う漢字がなかったのでカタカナにしました。

名前を決める時にはキラキラネームを封印して、できるだけ誰でも読みやすい名前をと心がけています。

少々話が逸れてしまった気がするので本題に戻しますが、まだ出てきていない王もいますし、コミカライズも始まりましたので、これからもこの作品を楽しんでいただけると嬉しいです。

クレハ

この物語はフィクションです。実在の人物、団体等とは一切関係がありません。

クレハ先生へのファンレターのあて先
〒104-0031　東京都中央区京橋1-3-1　八重洲口大栄ビル7F
スターツ出版（株）書籍編集部 気付
クレハ先生

龍神と許嫁の赤い花印三
～追放された一族～

2023年10月28日　初版第１刷発行

著　者　　クレハ　

発 行 人　菊地修一
デザイン　フォーマット　西村弘美
　　　　　カバー　北國ヤヨイ（ucai）
発 行 所　スターツ出版株式会社
　　　　　〒104-0031
　　　　　東京都中央区京橋1-3-1　八重洲口大栄ビル7F
　　　　　出版マーケティンググループ　TEL 03-6202-0386
　　　　　（ご注文等に関するお問い合わせ）
　　　　　URL　https://starts-pub.jp/
印 刷 所　大日本印刷株式会社

Printed in Japan

ISBN　978-4-8137-1497-2　C0193

電子書店にて大大大反響！クレハ原作
「鬼の花嫁」コミカライズ版！
鬼の花嫁
作画：富樫じゅん
原作：クレハ
「見つけた、俺の花嫁」
コミックシーモア
少女コミック2022年
年間ランキング
第1位
電子コミック雑誌noicomiにて好評連載中＆
コミックシーモアにて先行配信中！
待望の紙コミックス化!!
全国書店にて好評発売中！
最新情報など詳しくはホームページで！
noicomi
検索